迷い猫オーバーラン!

拾ってなんていってないんだからね!!

松　智洋

集英社スーパーダッシュ文庫

CONTENTS

イラストレーション・ぺこ

OVERRUN

拾ってなんていってないんだからね!!

――逆説の証明。
例《たと》えばこの世界に、本当のことしか言えない人がいるとして。
もちろん、その人物は世にも稀《まれ》な正直者だろう。実在するか否《いな》かはさておき。
では逆に。
もしも、嘘《うそ》しかつけない人が、この世にいるとしたら？
その言葉はすべて嘘。
白を黒、表を裏だと言い張る、根性の据《す》わった狼《おおかみ》少年、あるいは狼少女……
たぶん、おそらく。それもまた類稀《たぐいまれ》なる正直者だろう。
だって〝すべてが嘘〟なのだから。
裏の裏はいつだって――表、だろ？

プロローグ

早朝。
初夏の柔らかな日差し。
歌うような鳥の声。
通い慣れた通学路を歩く都築巧《つづきたくみ》は、大きく深呼吸した。
なんだか、甘い香りが鼻腔《びこう》をくすぐる。
幸せを噛《か》みしめているのには理由がある。
「いやあ、生きているってすばらしいなあ」
昨日、彼は命の危険にさらされたのである。
無事に済んだのは奇跡、と言ってもいいレベルだった。
都築巧には夢がある。
それは、平凡な暮らし。
可愛《かわい》らしい庭付きの一戸建て。
美人でなくてもいいから気だてのいい奥さんと、素直で腕白《わんぱく》な子ども。

できれば、二人くらいは欲しいと思っている。

……まあ、もちろん高校生の彼には遥《はる》かな未来の話である。

だが、この時点で、彼にとってはそーゆーものはあまり身近に感じられなかった。

彼は、あまり平穏というものに恵まれていなかったのである。

「なにじじむさいこと言ってるのよ。馬鹿」

彼の隣を、麗《うるわ》しい美少女が歩いている。

不機嫌《ふきげん》そうな顔をして。

すっと背筋を伸ばしてまっすぐに前を向いて歩いている。

こんな美少女が隣を歩いているんだから、幸せを感じるのは当然だろう。

『普通』なら。

残念ながら、彼が生きている幸せを噛みしめていたのは、彼女とは関係なかった。

また、この少女が普通の範疇《はんちゅう》から遥かに隔《へだ》たっていることも、巧はよく知っていた。

美少女は巧に冷たい視線を向けた。

「馬鹿じゃないの？　そんなに荷物持ちが嬉《うれ》しいならこれから毎日させてあげる」

言われてみれば、巧は二人分の学生鞄《かばん》を抱えていた。

彼もそんな事実は忘れていたくらいであるが。

「それとももっと埋め合わせしたいの？　馬鹿」

きちんと手入れされた腰までの髪。特別丁寧《ていねい》に神様が彫刻したとおぼしき顔に大きな目。

十五歳としては十分すぎる発育の胸と両手の指を広げて輪を作ったらすっぽり入りそうな腰。

見た目だけならば百点満点で二百三十二点くらい取りそうなのだが、その口から出てくる言葉は馬鹿が三回である。

巧は、慣れているのでそれを当然のごとくスルーする。機嫌が悪いのだから仕方ないと。いつもなら。しかし、この日はなぜが狼《おおかみ》のしっぽを踏みたくなった。

「謹《つつし》んで遠慮する。というか、なぜオーナーの弟である俺がバイトであるお前にそんな下手《したて》な対応を迫られねばならんのだ。昨日のことにはよんどころない……」

巧の言い訳を、美少女は最後まで聞いていなかった。

冷たい猛獣《もうじゅう》のような瞳《ひとみ》で、射《い》るように巧を見つめる。

「いいわ。じゃあ、あたし辞《や》めるから、バイト。今日までのバイト代精算してね」

冷静なときの彼であれば、このあたりで矛《ほこ》を収めただろう。

だが、生きている幸せを実感している彼はいつもの慎重さを失っていた。

「はっはっは。何を言っているんだ芹沢文乃《せりざわふみの》君。僕とキミは幼なじみにして家は隣同然。そう考えればもはや夫婦も同然！　知ってるか？　夫婦間の貸し借りというのは……」

言い終わる前に、文乃はモーションに入っていた。

長い髪がふわりと弧《こ》を描き、先ほどの深呼吸の時にも嗅《か》いだ甘い香りを撒《ま》き散《ち》らす。

綺麗《きれい》だな、と思ったのは昨日のことで危険感知能力に故障が生じていたからに違いない。

「二回死んでこいー！」

言葉と同時に、巻き込むような右フックが彼の全身を吹き飛ばしていた。

都築巧。享年《きょうねん》十五。

爽《さわ》やかな朝に相応《ふさわ》しい健《すこ》やかな寝顔で気絶する彼に向かって、フンと可愛く鼻を鳴らすと、彼を放置して芹沢文乃は不機嫌にずんずん歩き出す。

彼女を知るものなら、誰もが呟《つぶや》いただろう。

芹沢文乃に意見をするのは、飢《う》えた狼の前に手を差し出すようなものだと。


グッ、ワッシャーン！


「…………」

グッからワッシャーンまでのタイムラグのなさがすごい。

『二回死ね――――――――――――――っ！』

おなじみのオーバーキルを命ずる叫び声が響く中、俺はドアを開けて教室に入る。

気絶から立ち直り、しかもなんとか遅刻前に教室前にたどり着いた巧を迎えたのが、冒頭の轟音《ごうおん》であった。そして聞き慣れた台詞《せりふ》。

それは、彼女の口癖《くちぐせ》だった。「二回死ね」。美人の台詞としてこれほど相応しくないものもないと思うのだが。溜息《ためいき》をついた瞬間、机が飛んできた。正確に顔に向かって。

「のわっ!! やめろ文乃！ 人に当たるぞ！」

誰が投げたのかも確認せずに避け、叫ぶ。背後で音を立てて机が破滅した。

もちろん、教室内で枕投げ《まくらな》げならぬ机投げに及ぶ人物は芹沢文乃以外には一人しか知らない。

「ちぇっ、避けたか！　動くな菊池《きくち》!!」

「うるさい！　俺は真実を言っただけだろ！」

巧は、なんとかまあまあ、と言い争う二人の間に入った。

一人は先ほどまで一緒に登校し、彼をノックアウトした芹沢文乃。

もう一人は、巧の大親友というか大悪友である菊池家康《いえやす》である。

見た目をいえば、痩身《そうしん》メガネに神経質そうな唇《くちびる》。

いわゆるオタクの香りただよう不健全な青年であった。

この男、舌禍《ぜっか》が服を着ているような人物で文乃との相性は最悪だ。

「はあ……今日は何やって机投げられてんの？　家康」

「おまえがいないから芹沢に、『どーした？　幼なじみとのイチャラブ登校はおしまいか？ま、そりゃそうだよな。あんなものは三次元にあってはならぬ、ギャルゲーでしかやっちゃいけないと法律で決まってるんだ！　ざまーみろ』って言ったらイキナリ切れられたんだよ。現代の若者のひずみを目の当《ま》《あ》たりにしたね！」

ゴゴゴ……と音が聞こえる。文乃の怒りのボルテージが上がっていくのが目に見えそうだ。

「うむ。文乃、任せた」

俺は、問題なく家康を文乃に差し出した。

「どわあっ、巧、それでも友達かっ」

「その友達をからかっておいて、助けてもらおうなんざ甘いぜ」

「たーくーみーっ！　俺が死ぬと、お前が先週録画し忘れた某深夜アニメの録画を貸せなくなるぞ！　ＤＶＤが出るまで数カ月耐えられるのか！　神作画だとネットは祭りだぞ！」

「ああ、文乃君。ここは一つ、オーナーの弟である俺に免じて……」

「やかましいわ！」

ドス。角度を決めて膝《ひざ》のバネを効かせたガゼルパンチがボディに炸裂《さくれつ》した。

腹を押さえて倒れる俺の上に、すらりとした脚《あし》が振り上げられるのが見えた。

「なんで巧なんかと、イチャラブ登校とか言われないとなんないの？　オマケに、『破局？　現実の幼なじみはもろいなー』とか笑って言われた私の立場ってどうよ？　え？」

ガッガッガッガッと文乃の蹴りが背中に炸裂する。

「痛い、痛いっ、痛いって、文乃っ！　言ったのは家康だ。俺じゃないっ」

「あんたの存在のせいで、私は屈辱《くつじょく》を味わってるのよ！　友達の躾《しつけ》くらいキチンとしときなさい！　巧のくせに生意気よっ！」

「ああだだだだだだ――っ、痛いってば、文乃」

「誰もいない店で、たったひとりで私が味わったこの怒りを思い知りなさいっ！」

いきなり怒りの矛先《ほこさき》が変わっている。危険な兆候《ちょうこう》だ。

「だーかーらー、昨日のことには事情が……いだだだっ」

「事情ね、そりゃあるでしょうよ、事情くらい。でもねっ」

ガガガガガッ……

ものすごいピストンで蹴りが繰り出されていく。

「その事情とやらを聞かされもせず、半日ほっとかれた私の気持ちは考えなかったわけ？　オーナーも売るケーキもない状態で、販売員のバイトの私にどうしろと？　あんたが帰ってくるのを待つしかないわよねぇ」

「ご、ごめん」

「謝っても昨日は戻ってこないでしょ！　なんで連絡の電話一本できないの？」

「悪かった、悪かったって！　心配かけてすみませんでしたっ」

「し、し、し、心配ですってぇっ⁉」

顔色が変わった。一気に青くなった後、真っ赤になる。

やばい、と思ったときには既《すで》に死刑執行書に判をついた自分に気づいた。

「しっ、心配なんて誰がするか――――っ！　二回死ねっ！　死ねっ‼」

ドガシッ！　実はこれまで手加減されていたことが判る渾身《こんしん》のストンピング。

「私は単に、意味もなく待たされたことに腹を立ててるのよ！　貴重な時間が無駄に使われたのよ！　私の大切な時間がッ！　その上なにが生きてて良かっただっ！」

文乃の状態を専門用語で思い出し怒りという。文乃研究家には欠かせない知識だ。

こういうときには、逆らってはいけない。冷静さを取り戻した巧は思う。

しかし、こういうときにいらんことを言うのがミスター舌禍、家康である。

「売る物がないなら待ってても無意味じゃん。さっさと帰ればよかったのに」

家康のさりげなくもするどいツッコミに文乃が息を呑《の》む。

「くっ……アンタも殺されたいのね……」

地獄の底から響くような、脅《おど》し文句。

俺は内心ため息をついた。

文乃は素直じゃない。まったく素直じゃない。とことん素直じゃない。

見た目が可愛いのはむしろ彼女の属性《ぞくせい》においてほんの一部でしかない。

残りの大半は、照れ隠しの暴力と舌鋒《ぜっぽう》鋭い悪口雑言《あっこうぞうごん》で出来ている。

早朝からの彼女の不機嫌さを解説すれば、つまりこういうことだ。

ろくに売り物のないケーキ屋……つまり俺の家であり、文乃のバイト先である『ストレイキャッツ』には昨日、オーナーである巧の姉も、店員である巧もいなかった。

おそらく、彼女は待っていたのだ。誰もいない店で俺たちの帰りを。

それは、文乃以外にはこのように解釈される。「心配していた」のだ、と。

だが、文乃は素直じゃない。素直に心配していたと言えないのだ。

なぜかというと、彼女は徹底的に素直じゃないからだ。

文乃のそういうところを理解してるのは、幼なじみである巧だけかもしれない。

彼は、事ここに至っては仕方がない、と隠していたことを話す決意をした。

「ふう、わかった……説明するよ、ちゃんと。でもここじゃちょっと……」

「いまさら説明されても私の時間は取り戻せないのよ？」

つまり説明しろってことだな。文乃語を理解するには表情が肝心だ。

彼は、長い経験からそれを理解した。しかし、理解できない者がいる。

「あのさ、芹沢」

家康が口をはさむ。俺はうつぶせの苦しい体勢からアイコンタクトしようとした。

黙れ、口を開くな。が、家康の視線は一点を凝視《ぎょうし》していて気づきもしない。

そして致命的な言葉を発した。

「さっきから、巧を踏みしだくたびに、スカートが捲《めく》れてる」

「え……？」

スカートが捲れるとどうなるかというと、下半身の微妙な部分がさらされることになるわけで……、俺はちょっぴり、うつぶせの体勢を取ってしまった自分のチキンぶりを後悔した。

命と引き替えにしてでもパンツを見るべきだったかもしれない。……いや冗談だ。

「白と青のストライプ……縞《しま》パンは二次元少女だけに許されたアイテムだぞ。そっこく使用を停止することを要求する！」

「…………」

時折俺は家康という男を尊敬するべきか、愚弄《ぐろう》すべきか困惑する。今もそう。

「百ぺん死ね――――ッ！」

文乃の怒号《どごう》とともに、凶行が吹き荒れた。

結果として、俺はパンツを見そびれたのであった。

一日に二度も気絶するとは思わなかった。

そして彼女は一日ずっと不機嫌だった。

美人なだけにあまりにも怖い。

誰一人、その日は文乃に話しかけられなかったのであった。


このように、とにかく都築巧は平穏な人生を望みつつも得られない日常を送っている。

しかし、それすらもこれから起こることに比べれば、単なる平和な出来事にすぎないのだ。

ただそれを幸と取るか不幸と取るかは、本人にすら判らないのであった。

第一章「爽やかな朝……だったのに」

この町には、いつ見ても古めかしい、レトロな面構《つらがま》えの店がある。

——『洋菓子専門店ストレイキャッツ』

日に焼けて色褪《いろあ》せたビニール製の庇《ひさし》には「そんなフォント、どこにあった？」とツッコミを入れたくなるような独特の書体で、そう書かれている。

しゃれた言葉で呼ぶならパティスリー。子供っぽく言えばケーキ屋さん。

創業ウン十年、現在ではオーナー兼パティシエールの「都築乙女《つづきおとめ》」が経営している。

つまり、ストレイキャッツは俺の家であり、都築乙女は俺の姉だ。

そしてうちは、従業員がたったの三名しかいない。

乙女姉さんと、俺と、バイトの女の子。

そのバイトというのが——芹沢文乃《せりざわふみの》なのだ。

燃えさかる炎を凝縮《ぎょうしゅく》して固めたような双つの瞳《ひとみ》。

しっかり腰まで伸びているのに、やけに鋭さを感じる赤みがかった髪。

スタイルだって悪くない。外見だけ見れば、ちょっとキツめの美少女といったところだろうが、その内面はといえば、ちょっとキツめどころでは済まされない。

見た目の可愛《かわい》さに騙《だま》されて、うっかり告白でもしようものなら大変なことになる。

運が良くて蹴《け》り倒される。運が悪いと蹴り飛ばされる。

いっそのこと、大豪院邪鬼子《だいごういんじゃくこ》とか、性格にふさわしい名前に変えたらいいのにと、陰で囁《ささや》かれる荒くれ者だ。そう言いながらも、告白する命知らずはあとを絶たないのだが。

「どこの世界にっ、なんの説明もなくっ、バイト一人に店番させるケーキ屋があるのよっ！」

鼓膜《こまく》をつんざく大怒号《だいどごう》。学校から戻っても思い出し怒りは続行中であった。

どこの世界に、オーナーの弟を日常的に踏みつけるバイトがいるのか、逆に聞かせてほしい。

というか、バイト一人で店番をする飲食店なんか、たいして珍しくもないだろうに。

「昨日から、ず〰〰〰〰〰〰〰〰〰〰っと誰もいないって、どういうこと？　ペラ紙一枚に留守番よろしく、とか書き殴ってあったかと思ったら、いつまで経《た》ってもオーナーは来ない！　くそたわけの巧《たくみ》も不在！　店は客一人来る気配がない！　暇《ひま》すぎて暇すぎて、無駄に三回も床にワックスかけちゃったでしょーが！」

「そりゃー、お疲れさま」

「っ、たいしたことじゃないわよっ」

フン、と横を向く文乃は耳まで真っ赤だ。ワックスがけ、大変だったんだな。

「とにかくどうなってるのか説明しなさいよ。学校だとマズイって言うから、おとなしくここまで待ってあげたのよ」

いやー、おとなしくはなかった。ちっとも。あれから俺はどれだけ文乃の暴虐《ぼうぎゃく》に耐えただろう。

その時カランとドアベルが鳴る。いつ聴いてもいい音だ。

「おっ、お客さんだぞ、文乃」

「……ムダよ」

まあ、乙女《おとめ》姉さんがいないから、当然新しく作ったケーキなんてない。売り物になるのはクッキーやパウンドケーキやらの日持ちする菓子程度とはいえ、一応喫茶もあるのだ。

「あれ、文乃ちゃんに弟くんか。乙女さんは？」

カラに近いショーケースを一瞥《いちべつ》して、客はきびすを返す。

「あれ？」

「乙女さんいないんだろ。また来るよ。乙女さんがいるときに」

カランとドアベルが空《むな》しくもう一度鳴って、ドアは閉められた。

「ほら。昨日から、来てもあんなお客ばっかり」

「ははは……ストレイキャッツは姉さんの人気でもってるからなー」

「ははは、じゃない！　私の空しさの一端を知りなさいっ！」

見かけだけなら文乃だって姉さんに負けないくらいで、看板娘を張れるはずなんだが。黙ってればかなりの美人だし、それなりに男子からの人気もあるのに。

とにかく、誰に対してもこんな調子で（さすがに俺に対する時ほどじゃないけど）四六時中《しろくじちゅう》周囲に敵を作りまくっているからな。姉さんとの人気の違いは性格と、胸の……

「……………」

げしっ、と脛《すね》の辺りを蹴られた。そこは専門用語で「弁慶《べんけい》の泣き所」とも呼ぶ。

「……なんとなく今、ちょっとムカついた」

おまけに勘《かん》がいいときた。

「まったく……ケーキの置いてないケーキ屋なんて、聞いたことないわ」

苛立《いらだ》たしげに呟《つぶや》く文乃に、俺は肩を竦《すく》めてみせる。

「何のフォローにもなってないとは思うけど、俺だって多少は悪あがきしたんだぞ。家を出る直前に、売りに出すフレッシュケーキが一個もないことに気づいて、大急ぎでパティシエでもないのにショートケーキ作ったんだからな。……まあいつも通り失敗作だったけど」

なんなら見せてやるよ――と厨房《ちゅうぼう》に入ろうとする俺を、なぜか文乃が押し止めた。

「べ、別に見せなくてもいい」

「なんで？」

「い、いいからっ！」

と、グイグイ俺の胸を押す文乃の脇《わき》から、シンクに浸《つ》けられた皿とフォークが見えた。

俺の失敗作ケーキを載《の》せていた皿だ。「巧・失敗作」とラベルに書いて、冷蔵庫の奥の方にしまっておいたはずなのに。

そんな俺の視線に気づいたのか、文乃は明後日《あさって》の方角を向いて「野良犬にあげた」と呟いた。

なるほど、最近の野良犬はフォークも使うんだな。

「……不味《まず》かっただろ、ごめんな。スポンジがゴワゴワになっちまって」

「は、はあ？　なんの話ししてんの？　意味がまったくわからないんだけど」

そうか。じゃあそういうことにしておこう。……さんきゅ文乃。

「で、でももっと泡立てを丁寧《ていねい》にした方がいいかもね！　そ、そんなことよりっ！　オーナーは!?　乙女さんはどうしたのよ？　なんで昨日は帰ってこなかったの」

「乙女姉さんなら、おとといからずっと出かけてる」

「どこに？」

「場所なんかわかるもんか。いつものアレだよ」

「いつものアレって……あ」

思い当たったのか、ようやく文乃が禍々《まがまが》しいオーラを引っ込めた。

「……また、例の人助け？」

深々と、俺は頷《うなず》いた。

都築乙女――

洋菓子専門店ストレイキャッツの三代目オーナーにして、パティシエール……という説明は、さっきもしたばかりだ。

……いろいろと問題のある人なんだ、この乙女姉さんも。

「今度はなに？　浅瀬に入り込んで身動きが取れなくなったイルカの救助？」

「それは、ずっと前の話だ」

「人が足りなくて廃部寸前の少年野球部のために、変装してニセ部員を演じに行った？」

「そっちはもっと前の話だ」

「じゃあ、どこかの国で山火事が起こったとかで、バケツを持って飛び出した」

「インドネシアな。あと、山火事じゃなくて森林火災。それも、去年の暮れの話だ」

そのことはよーく覚えてるぞ。

あの日は確か月曜日で、いつものように店の仕込みを済ませてから、いつまでも起きてこない乙女姉さんを布団《ふとん》の中から叩き出し、強制的に血糖値《けつとうち》を上げるためホットケーキにハチミツとバターをこれでもかってくらい塗りたくって口にねじ込むと、それを砂糖たっぷりのカフェオレで流し込んでいた時だ。

ちょうどテレビで朝のワイドショー番組みたいなのをやってて、主婦層に大人気の色黒司会者がゲストの新人歌手にちょっとエッチな質問なんかしちゃったりして観客大爆笑。でもこの司会者いつも目がぜんぜん笑ってねーよ。マジ怖ぇーよ。とかぼんやり考えてると、突然、画面の上の方に「ニュース速報」ってテロップが流れた。

その「ニュース速報」によると、スマトラ半島で大規模な森林火災が発生して日本人もまきこまれてるって話だった。火事はもう三日も燃え続けてて、人も動物も大勢死んでるって。

大抵の日本人は、「可哀想《かわいそう》」とか「気の毒に」と思いつつも、「自分には何もできない」と、胸に湧《わ》いた小さな同情心を押し込めて、すぐに日常の雑事に押し流されていくだろう。

だが、そうじゃない人物を俺は知っている。乙女姉さんだ。

色黒司会者のエロトークに心奪われていた俺は、右手に走る激痛で我に返った。

振り返ると、乙女姉さんがホットケーキと間違えて、俺の手にフォークを突き立てていた。

声も出なかった。

痛みのせいじゃない。

テレビの画面を見つめる乙女姉さんが、瞳に使命感という名の炎を灯《とも》していたからだ。

気づいた時にはもう手遅れ。残りのホットケーキと玄関先に置いてあったバケツを手に、乙女姉さんはパジャマのままで弾丸のように駆けだしていた。

後日、現地消防団の先陣を切って消火活動に励むパジャマ姿の姉さんがテレビに映し出された時には、飲んでいた緑茶を盛大に吹き出してしまった。

つまり、俺の姉さん、都築乙女という人はそういう人なのだ。

ちなみに今回の人助けは、なんだったかと記しておくと。

『ヤクザに騙《だま》されて、一家心中寸前まで追い込まれていた家族と知り合い、その窮地《きゅうち》をなんとしても助けてやりたいと家を飛び出した』でした。みんなわかったかな？

「なにそれ？　どうやって助けるのよ？」

「騙し取られた金をヤクザから取り返して、その一家を国外に逃がす、ってさ」

ところが、そう簡単に話は進まなかった。進むわけがなかった。

乙女姉さんの義挙《ぎきょ》、あるいは暴挙は成功したかに見えたのだが……。

事態に気づいたヤクザのリアクションは、予想以上に素早く、かつ的確だった。

『貴方《あなた》は、どこの組の所属でしょうか』

『事態の収拾をつけていただきたい』

『空港と駅を封鎖して、逃げられないように追い込みをかける用意があります』

『代紋《だいもん》を傷つけられて、黙ってはいられません』

『小指を切り離して、詫《わ》びてほしい』

『ブレーキが故障したトラックで、あなたの家を訪問する予定です』

『あなた方をコンクリートで固めて、海に投棄《とうき》することも考えています』

以上のセリフ群を、インチキ臭《くさ》い広島弁《ひろしまべん》で怒鳴り散らしてくれたと考えてくれ。

しかし、最近のヤクザ屋さんも気が短くなったもんだ。

カタギの、しかもいたいけな青年に向かっていきなり「エンコ詰めろ」だの「ケジメをつけろ」だの、もうちょっと冷静に話し合うとかってプロセスをふんだ方がいいと思う。

人類みな兄弟とまでは言わないけど、せっかく霊長類《れいちょうるい》としてこの地球に文明社会を築いてきたんだから、知的生命体らしくコミュニケーションによる事態の解決、および相互理解に努めるべきじゃなかろうか。ラブ&ピース。汝《なんじ》の隣人を愛せってアレ。

……話がそれた。

ともかく、あれよあれよという間に、状況は悪化の一途《いっと》を辿《たど》ったわけだ。

「……やけに詳しいじゃない、まるで見てきたように話すけど」

見てきたんだよ。だって現場に俺もいたんだもん。

乙女姉さん一人じゃ、危なっかしくてほっとけないだろ。

「で、ちょっとヤバイ状況になったわけだ」

これはマズイ、と思った俺は一計を案じた。

つまり……俺がオトリになって、その隙《すき》に、乙女姉さんたちが逃げられればいいと、そう考えた。

――その結果、俺は一晩中ヤクザと鬼ごっこをするハメになったんだが。

「それで、ククタになって今朝帰ってきた……ってわけ？」

そういうことです。

ふと、文乃が神妙な顔つきになった。

「……ほんとにバカ。顔とか覚えられて、復讐《ふくしゅう》しに来たらどうするのよ」

文乃の眼差《まなざ》しには、どこか優しい光が灯っている。

「……心配してくれるんだ？」

「っ!?」

どげしっ、と唐突《とうとつ》に蹴り倒された。

そのまま、ぐりりりりりっ！　と、腹を踏みつけられる。

「～～～～～～～～～～～～～っ!?」

痛すぎて、声にならない。

「誰が心配なんかするかっ！　二回死ねっ！　余計な面倒を私のバイト先に持ち込むなって話以外の、なにものでもないに決まってるでしょーが！　このアオミドロっ！」

これまた新鮮な罵《のの》り文句が飛び出したな。アオミドロて。

バイト先バイト先と、さっきから連呼してるが、ここは一応、俺の家でもあるんだぞ。

そして面倒事を持ち込むのは、オーナーの乙女姉さんだ。

理不尽《りふじん》には抗議してもいい。少なくとも俺にはその権利がある。あるはずだ。

俺は、蹴り続けようとする文乃の足首をしっかりと摑《つか》んだ。

……細《ほ》っそいなあ。　思わず、目尻《めじり》が下がる。

「なによ、何か文句あるわけ⁉」

足をつかまれ不安定な体勢になった彼女は、女王様よろしく俺を見下ろしている。

「い、いや。痛いなぁ、と思って……てへ」

俺の目は、彼女の表情を見てはいなかった。

蹴り足でめくれたストレイキャッツの制服から覗《のぞ》く、縞々《しましま》に引きつけられていたのである。

家康よ、個人的にはやはり二次元よりは三次元の縞パンが最高だと思うぞ。

俺は、一矢報《いっしむく》いた気持ちになった。だから後悔はしない。

俺の表情に気づいた文乃が顔を真っ赤にしてイナズマキックの体勢に入っても。

「百回死ねえええええええええええええええええええええええええッ‼」

巧死すとも縞パンは死なず。彼は、男らしい感想を残し星となったのである。

ようやく落ち着いた。

文乃も平静に戻っている。

問題は落ち着きすぎているということだ。日曜日の午後だというのに、マジで客一人来ないのはどうなんだろう。

昨日からずっとこんな調子では、文乃が退屈のあまりワックスがけしたのも理解できる。

「最近、コンビニでもケーキ買えるもんなー……」

ゴリゴリとコーヒー豆を挽《ひ》きながら、誰にともなく呟いてみる。

そうは言っても、うちの店に全く客が来ないわけじゃない。

問題はさっきの客を見ればわかるように、うちの店に来る客のおよそ全員が、乙女姉さんのファンってことなのだ。

しかし、乙女姉さんの作るケーキのファンなのではない。乙女姉さんのパティシエールとしての腕前は、身内びいきで見てもぱっとしたものじゃないし。

うちの常連客は、どうやら乙女姉さんの人柄に惹《ひ》かれてこの店に集まってくるらしい。乙女姉さんは、なぜか昔から街のおっさんや年寄りに好かれまくっていて、そんな人たちが乙女姉さんと茶飲み話をするために顔を見せる。そしてついでにケーキを買っていって。

「乙女ちゃんは、ケーキ作りの腕前は全然だねえ」

などと、しれっとした顔で言いやがるわけだ。

そういった馴染客《なじみきゃく》の温情に支えられて、うちの店は維持できている。

そして、今は乙女姉さんは店を留守にしているわけで、つまり常連客どもは店に来る理由がまったくない。閑古鳥《かんこどり》も鳴き疲れたのか、ぴいとも聞こえやしなかった。

「このままじゃ、いつ潰《つぶ》れたっておかしくないぞ。うちの店」

「今だって、店を閉めてるのとたいして変わらないと思うけど」

なんとも手厳しい。

「乙女姉さんの腕前がビミョー、ってとこを差し引いても、これだけ暇だと他にも原因があるんじゃないかと思えてくるから、不思議なモンだ」

「アンタみたいな半人前以下の素人《しろうと》同然男が、手伝ったりしてるからじゃない？」

うお、人が気にしてることを。

「誰よりも不器用だったアンタが、どうやって洋菓子作りを手伝ったりできるのよ」

「卵割ったり、かき混ぜたりするのに器用も不器用もないだろ」

つまり、その程度の手伝いしか出来ないわけだが。

「さて……と。文乃もコーヒー飲むか？　挽きたての淹《い》れたて」

コーヒーはけっこう自信があるんだがな。

「いらない」

俺の顔をじっと見つめてから、文乃は首を横に振った。

あっさり拒絶されてしまったが、ここで引き下がったりしてはいけない。

二人分のカップを用意して、淹れたてのコーヒーをゆっくりと注ぐ。

「どーぞ。俺のおごり」

「……いらないって、言ったのに」

と言いつつも、渋々とカップを受け取る文乃。

ここで文乃の言う通りに、俺がコーヒーを出さないとそれはそれでむくれるんだ。

とにかくコイツは素直じゃない。昔からそうなんだよ。ずっと昔からさ。

「うちの店の話はおいといて。そっちはどうなんだ？」

カップに口をつけようとして、文乃が手を止めた。

「そっちって？」

「文乃んち。……婆さん、元気にしてるか？」

俺の問いかけに、文乃は「ふん」と鼻を鳴らした。

「さあね。もうすぐ死ぬんじゃない？　恩知らずが顔も見せに来ないから」

そうかそうか。すこぶる元気にしてると。

「他の連中、たまに訪ねてきたりする？」

「してるかもね。巧の知らないところでコッソリと」

ちびり、とコーヒーを一口含んで、文乃が少し寂《さび》しげに答える。

ふうん、誰も来てない……のか。少なくとも文乃の知る限りでは。

「他人の心配してる場合じゃないと思うけど。オーナーは行方《ゆくえ》不明だし」

う、そのとーり。

いったい今頃、乙女姉さんはどこをほっつき歩いているのか。

海外に逃がすとか言ってたからな。

下手《へた》すると地球の反対側に向かってる真っ最中かもしれん。

「頭痛くなってきた。……実は胃もちょっと痛い」

踏まれた腹は、もっと痛かったりするのだが。

「それはこっちのセリフだわ。乙女さん、店のことはどうするつもりなのかな」

「……たぶん、何も考えてないと思う」

しかし現実問題として、店は破綻《はたん》寸前だ。

「はっきり言えばいいじゃない。うちは今、人助けなんかしてる場合じゃありませんって」

「そんなの、もう百回以上言ったに決まってるだろ」

そのたびに乙女姉さんは、こう言うのだ。

『ん～、でもなんとかなるわよ。だいじょぶだいじょぶ』

根拠なんてない。ただのフィーリングだ。

乙女姉さんは、寝て起きたら、全部忘れるような人なのだから。

「……知ってるか？　うち、また家族が増えたんだぞ」

チラ、と店の奥にある居住スペースへ視線を向けた。

「昨日の夜、かつおぶしあげたわ。皿を出した途端、十匹くらい突進してきた」

溜息とともに、言葉を吐き出す文乃。

猫どもに、ちゃんとエサをやってくれていたらしい。

こうして話していれば、文乃だって普通の女の子だし、優しいところだってある。口さがない連中はいろいろ酷《ひど》いことを言うけれど、文乃のこういう姿を知らないだけなんだ。

俺の視線に気づいた文乃が、少し目を伏せて言った。

「……何じっと見てんのよ。目玉くりぬくわよ」

どうしたらこういうコメントを思いつくのだろう。しかも恥ずかしそうに言うってどうよ。

「そうじゃなくてだな。ええと、十五匹だ。全部、捨て猫か迷い猫。どこを探せばそんなに見つけられるんだろうな」

人助けのみならず、猫助けに犬助け。

果ては「まだ使えそうな粗大ゴミのテレビ」や「捨てられていた泥塗《どろまみ》れのヌイグルミ」まで。有機物と無機物の区別なく、乙女姉さんは助けてしまう。

ちなみに、猫どもの態度から推測するに、我が家のヒエラルキーはトップに乙女姉さん、続いて文乃、猫ども、姉さんの部屋にある巨大なクマさんのぬいぐるみ、俺、という順番。

姉さんはいいとしても、バイトの文乃やクマのぬいぐるみより下ってどういうことだ。

猫どもめ、いつもエサをやってるのは誰だと思ってやがる。

「そうそう、あいつら最近無駄に舌が肥《こ》えてきやがったんだ。残った飯とかつおぶしを適当に混ぜ込んだもんじゃ見向きもしやがらん。おかげでエサ代も馬鹿にならなくなってきた」

「バカ。人間だっていつも同じメニューじゃ飽きるでしょうが。たまには塩抜きした煮干《にぼし》のガラを、薄めの醤油《しょうゆ》で炊《た》いてあげたりしてあげなさいよ。あの子たち、すごくがっついて――」

と言いかけたところで、文乃はコホンと咳払《せきばら》いをして、あらぬ方向へと視線を向けた。

「……そんなふうにしてあげればいいって、風の噂《うわさ》で聞いたことがあるわ」

「そこまで手の込んだエサをやってくれたのか。ありがとな。あいつら喜んでたろ」

「か、風の噂だって言ってるでしょーがっ！」

はいはい。とても素敵な風の噂です。そういうことにしましょう。

「しかし金がない。生活費カッツカツ。ねこまんまでも贅沢《ぜいたく》なくらいだぞ」

「新聞配達とか始めたら？　多少は家計の足しになるんじゃない？」

「それも考えた。でも、もしまた乙女姉さんが、もっとすごいモノを拾ってきたら――」

言いさした、その時だった。


カラン、と鐘《ベル》の音を奏《かな》でてストレイキャッツのドアが開いた。

「あ、いらっしゃいま……むぐっ!?」

言うが早いか、俺は息が出来なくなっていた。

「ただいまー♪　都築乙女、南の島サイパンから無事に帰宅～ぅ」

向日葵《ひまわり》のような笑顔。　風に揺れる長い黒髪。

そして、息が出来ないほどに押しつけられている、大きな胸。

胸のボリュームは文乃の推定二倍を超えている。紛《まが》うことなき、乙女姉さんだ。

「巧、元気してた？　寂しくなかった？　あら、またちょっと背が伸びたんじゃない？」

俺を思いきり抱き締めながら、乙女姉さんがぐいぐいと頬《ほお》をすりつけてくる。

……思春期の弟をなんだと思ってるんだっ！

嬉しいを通り越して恥ずかしい。あと、いくら何でも男扱いされなさすぎ。

文乃の視線も怖い。こういう場面を見ると、なぜか文乃の機嫌《きげん》は下降しやすいのだ。

俺は姉の胸を思い切り引きはがして叫ぶ。

「ぶはっ、乙女姉さん！　そういうのよせって言っただろ⁉」

「だって、巧に会えなくて寂しかったんだものー、ふふぅ、会いたかったー、巧♪」

たった二日会わなかっただけじゃないか。背が伸びてたまるか。

というか、成長を理解するなら思春期のツライ生理現象などについても気を遣《つか》ってほしいものだ。俺は、なんとなく前屈みになりつつ姉を詰問した。

「それよりもっ！　姉さん、どこ行ってたんだよっ⁉」

「んっ？　だからサイパン。常夏《とこなつ》の楽園よ？　知らない？」

乙女姉さんは、言いながらくるりと回転してみせた。

ふわりとスカートが風にふくらんで、ココナッツの香りが鼻をくすぐる。

いや、そんなことはどうでもいい　サイパンくらい、俺だって知ってるさ。

「あれなのね、ヘタな国内よりも早く着いちゃうのね、サイパンって」

俺は頭を抱えた。その向こうで文乃も頭を抱えている。

「あ！　いっけない！　忘れてた忘れてた！　お土産《みやげ》があるの――！」

慌《あわ》ただしく、また店の外へ飛び出してしまう乙女姉さん。

「……よかったじゃない、すぐ戻ってきて」

「……まあね」

その点だけは、本当によかった。

前に一度、いつまで経っても帰ってこない乙女姉さんを、たまたま見ていた海外のニュース番組で目撃したことがあったりもした。

二日くらいの行方不明なら、今回は比較的マシな方だといえよう。

「旅の途中で、また迷い猫でも拾ってきたりしてたらどうする？」

意地悪く、文乃が言う。

「今さら一匹二匹増えたところで、たいして変わらないよ……」

溜息まじりにそう答えた、次の瞬間――

再び、鐘《ベル》の音を奏でてストレイキャッツのドアが開いた。

「じゃーん！　お土産～！」

ゆっくりとその『お土産』に視線を向け、
そのまま瞼《まぶた》を全開にして、

ついでに、あんぐりと大口まで開けて、
俺と文乃は、完全に固まった。

「「なっ……⁉」」

乙女姉さんの手が摑《つか》んでいるモノ。

それは、迷い猫でも、迷い犬でもなく。

どこからどう見ても、人間の女の子だった。

「拾ってきちゃった」

てへ、と微笑《ほほえ》みながら、軽く言い流す乙女姉さん。

「名前は〝希《のぞみ》〟ちゃん。今日からうちの新しい家族よっ」

首根っこをつかんだ乙女姉さんに抵抗しようともせず、ぶら下がっている女の子。

黒い瞳でじっとこちらを見つめながら、一言もしゃべろうとしない。

「……猫どころじゃなかったわね」

ぽつり、と文乃が呟いた。

猫どころの騒ぎじゃない。

まさか人を拾ってくるとは……

「希ちゃん、ご挨拶《あいさつ》ご挨拶～。教えた通りにやってみて」

ぶら下げられたまま、女の子はコクンと頷いた。

そして、俺と文乃を交互に見つめた後、ゆっくりと口を開き——

「……にゃあ」

そのまま、招き猫のようにクイっと手首を折り曲げてみせる。

「そーそ！　カンペキ！　希ちゃん、ぐっじょぶ！」

びしぃ！　と親指を突き立てる、乙女姉さん。

俺は、ただ呆然《ぼうぜん》とその場に立ち尽くすしかなかった。

その俺の尻《しり》を、なぜか文乃が何度も何度も蹴りつけていた。

女の子は、その様子を見て、ほんの少しだけ首を傾けた。

差し込む西日が、暑くなってきた初夏の夕刻。

ストレイキャッツに、新たな迷い猫がやってきたのだった。


洋菓子職人の朝は早い――と。

まるで「職人の技を訪ねて」という名のドキュメンタリー映像のように、俺の一日は始まる。

パティシエ見習いですらない素人《しろうと》の俺でも、午前五時半には起床してしまう。

「おお、早いねェ。巧ちゃんは」

声をかけてきたのは、軽トラに乗ってやってきた筋肉質なおっさん。配達の製乳業者だ。

洋菓子と乳製品は切っても切れない深い間がら。当然、この上衣のタンクトップがはち切れんばかりのマッスル親父《おやじ》とも顔なじみだ。

気のいいおっさんなのだが、すべての問題を「よし分かった。牛乳飲め」の一言で解決しよ

うとするのだけは勘弁《かんべん》してもらいたい。

「ども、おはようございます」

「はい、おはようさん。乙女さんは、帰ってきたのかい」

おっさんは首を伸ばして、店の奥を覗き込もうとする。

「一応帰っては来ましたけど……。そう簡単に起きる人じゃないので。たぶん、自分の布団《ふとん》が燃えてても起きないと思いますよ」

「あっはっは、そりゃいいや」

いやいや、冗談でもなんでもないんだって。

なんせ大規模森林火災にバケツ一個で挑んだ女だからな。

現地ではすでに伝説の人物として語られてるとかなんとか……

俺が内心で苦笑いしてるうちに、ケースに詰められた乳製品が、次々に積み下ろされる。

とはいっても、たいした量ではないのだが。

「ずいぶん少ないけど、これで本当にいいのかい？」

「ええ、まあ。しばらくは……こんな感じで」

仕方ないのだ。洋菓子を作っても売れないのだから。仕入れを減らすしかない。

「そのうちドカンと注文する日が来ますから、楽しみに待っててください」

「巧ちゃんがパティシエになって？　そりゃまた遠い未来になりそうだな」

うぐ、ちょっぴり傷ついた。確かに俺は不器用だけどさ。

軽く会釈《えしやく》を交わして、去ってゆく軽トラックを店の前で見送った。

外は快晴。まだ太陽は昇り始めたばかり。

雲ひとつない青空は、なんとなくブルーな俺の気持ちを表しているかのようだった。

朝の仕込みを済ませ、何とか乙女姉さんを起こしたら、時間もいい頃合だ。俺は制服に着替えて鞄《かばん》を掴むと、家を飛び出す。

ストレイキャッツから徒歩3分。

出発前にお湯を注げば、ちょうどカップラーメンが出来そうな時間で、その教会に到着する。

芹沢《せりざわ》教会——文乃の家だ。

はっきり言ってボロい。

RPGで言うと、ゴースト系のモンスターが出現しそうな雰囲気《ふんいき》。

昔、素直にそう言ったら「歴史を感じる佇《たたず》まいと言え」と殴られたことがある。

婆《ばあ》さん……もとい、芹沢シスターに。

久しぶりに来てみたが、相変わらずのボロさに少しホッとした。

「……なにニヤついてんの？　気持ち悪い」

げ、文乃。

いつの間にか、俺の背後に文乃が立っていた。

キラキラとした朝日を背に受けて、こちらを睨《にら》みつけながら。

「昨日、私が言ったから律儀《りちぎ》に挨拶に来たってわけ？」

「違う。見ればわかるだろ。制服着て鞄を持ってるんだから」

誰がどう見たって、登校スタイル以外のなにものでもない。

一方の文乃も、制服姿に鞄持ち。文句なしの登校スタイルなのだが。

「だったら、寄り道せずに真《ま》っ直《す》ぐ学校に行けばいいでしょうが」

と言い捨てて、スタスタと歩き出す。

慌てて、その後を追いかける。なんでこう朝からツンケンしてるかね、こいつは。

「ついてくんな」

迷惑そうな声で、しかし真剣な表情で文乃は言った。

「目的地は同じなんだから、一緒に歩いてもいいだろ。昨日だって荷物持たせたくせに」

「昨日は昨日。今日、一緒に歩く理由がないわ」

取りつく島もないとは、このことだ。

「……照れくさいのか？」

思わず、俺がそう呟いてしまった瞬間、

「あんた、黙らないと口に塩を詰めて縫《ぬ》いつけるわよ？」

ヒシヒシと殺意を感じる鋭い視線で、文乃が俺を射抜《いぬ》いた。

「二回死ねっ」

一度では飽き足らず、もう一度、墓から引きずり出してでも殺したい、という意味らしい。

以上、芹沢文乃語講座でした。

次回は「アンタそのまま腐って死んだら？」をお送りします。お楽しみに。

さらに速度を上げて、おまえは競歩の選手かとツッコミたくなる速さで、文乃が歩きだす。

むう、あれが思わずかぶりつきたくなるようなヒップラインを保つ秘訣《ひけつ》なのか……って、実際そんなことをしたら、二回死ぬどころでは済まないから、しないけど。視線はつい追ってしまうのは男の本能として仕方ないだろう——などと言ってる場合じゃない。

「おいてくなってば、おーいっ」

その背中を、俺は苦笑しながら追いかけた。


私立梅《うめ》ノ森《もり》学園、というのが俺たちの通う学校の名前だ。

中高一貫教育制の私立校で、俺と文乃は高等部に所属している。

「……なあ、昨日の話なんだが」

ゆるゆると、俺の方から切り出した。

「昨日の、なに？　いろいろありすぎて、なんのことだかわからないんだけど」

「とりあえず、俺がヤクザと一晩中鬼ごっこをするハメになった話」

なんだそっちか、と呟いてから、文乃はチラリと俺を見た。

「復讐されるかもって言ってたけど、まあ、心配するな」

「別に心配なんて……」

「その辺は、ちゃんとフォローしてあるんだ」

「フォロー？」

「ああ。この町でいろいろと顔の広い人……の関係者に頼んできた」

言った途端、文乃の視線がキツくなった。

なんとなく〝顔の広い人の関係者〟に目星がついてしまったようだ。

「ええと、話題を変えます。変えさせてください」

すかさずトピックチェンジ。藪《やぶ》をつついて蛇《へび》を出すような愚行《ぐこう》は避ける。

どうも文乃は〝アイツ〟の話が苦手らしい。

「じゃあ、乙女姉さんが助けた家族の話だ」

「勝手にどうぞ」

これもダメか。手厳しいな。

「ストレイキャッツの経営不振と、これからの俺たち私たち」

「その辺で、犬のうんこでも踏んでれば？」

冷たく言い放った後、しばらくして文乃が歩くのを止めた。

そのまま振り向きもせず、立ち尽くしている。

「……もっと他に、あるでしょうが」

聞こえるか聞こえないか、ギリギリの呟きを俺はキャッチした。

わかっている。

わかっていて、あえて避けていたのだ、その話題を。

「んじゃ、乙女姉さんが拾ってきた、あの女の子の話」

「……聞きたくない」

文乃が振り返った。

キリリと引き締まったシリアスな顔。

今すぐオマエを食い殺すぞ、という気迫に満ちた狼《おおかみ》のようだ。

しかし、ここで引き下がってはいけない。

文乃は、はっきりと意思表示したのだ。聞きたくないと。だから話さねばなるまい。

「あー、その、なんだ。昨日あれから一緒に、三人で晩飯食った」

「聞きたくないってば」

「まあそう言うな。うちでバイトする以上、知っておいて損はないだろ？」

そう言うと、文乃は足を止めて俺の方を向いた。

よし、そうこなくちゃ。今から俺の苦労を聞かせてやる。

「俺は、俺なりに努力したんだ。あれこれ話しかけたりして」

コミュニケーションを図ろうと、積極的に動いたにもかかわらず、俺の努力が報われることはなかった。乙女姉さんが連れてきた少女は、無言のまま、じっと俺を見つめていただけ。

「あの子、もしかすると会話が苦手なのかもしれない」

「……にゃあ、って言ってたのに？」

「首を縦《たて》に振ったり、横に振ったりはしてたけどな」

しかしイエスとノーだけでは、潤滑《じゅんかつ》な意思疎通《そつう》は図れない。

乙女姉さんを通訳に使い、なんとか聞き出した唯一《ゆいいつ》の情報は、彼女の名前だけだった。

「霧谷《きりや》希《のぞみ》、だとさ」

「きりや？」

「どこの町で暮らしていて、どうやって姉さんに拾われたのか、詳しい事情は全く聞き出せなかった。なんとかわかったのは、その名前だけ」

「……孤児なの？」

「さあね、それすらわからん。乙女姉さんはどこかの街で拾ったとか言ってたけど」

黙っているということは、言いたくない事情があるのだろう。

だから、それ以上の追及は避けた。

しかし困ったもんだ。どうするつもりなんだろうな、乙女姉さんは……。

「よかったじゃない。バイト雇《やと》う必要もなくなったし」

肩を竦《すく》めて嘆息したあと、文乃は再び歩きだした。

「バイト、クビなら早めに教えて。次の仕事探すから」

「なんでそうなるんだよ」

「経営難でしょ。食《く》い扶持《ぶち》が一人増えた。馬鹿の巧は使えない。三重苦じゃない」

経営難でバイトのクビを切るのなら、とっくの昔にやってるはずだ。

そもそも、乙女姉さんに経済的な感覚を要求することは難しい。

パンがないからケーキを食べましょう、とか言いだす人だぞ。やめてください、それは売り物です。それが売れないからパンがない、という根本的なことを、乙女姉さんは少しも理解していない。

「とにかく、詳しい話は今日、帰ってから聞くことになってる」

昨日の夜は、疲れ果てたのか大爆睡《だいばくすい》してたからな。朝も起きてこなかったし。

いろいろと、乙女姉さんとは話をしなきゃならない。

例の女の子のこと。

増え続ける捨て猫たちの里親探しのこと。

そして何より、乙女姉さん自身の無茶に対する俺からの説教を。


これみよがしにデカイ校門が建っていて、その側《そば》には自己主張の激しい看板が立っている。

看板には「私立　梅ノ森学園」と書かれているが、それだけじゃない。

学園の所有者にして理事長、梅ノ森喜三郎《きさぶろう》による直筆のモットーが書き添えられていた。

曰《いわ》く、学園のモットーは「友情」「努力」「勝利」の三つ。

……週刊少年ジャンプかよ。

その校門に。

まるで、神社の狛犬《こまいぬ》のごとく、左右に分かれて立っている男たちがいた。

一人は、眼鏡《めがね》をかけた背の低いヤセ男。

もう一人は、ストイックな武術家を連想させる短髪の男。

二人は目を閉じ、腕を組み、校門に背中を預けるような格好で佇《たたず》んでいる。

――なにやってんだ、あの二人。

おーい、と俺が声をかけるよりも早く、くわっ！　と、眼鏡の男が刮目《かつもく》した。

「監視していて正解だった。まさか破局からたった一日でよりを戻すとはな、だが、あっぱれとは言ってやらないぞ！」

監視って、おまえはいつ風紀委員になったんだ、家康。てかこの学校には風紀委員なんてないぞ、ゲームやマンガじゃあるまいし。

「巧っ！　ＪＰＧでもなければＰＮＧでもないいっ、そんな女子とイチャラブ登校するほどにまで堕《お》ちるなと、真実はモニターの向こうにあると、あれほど口を酸っぱくして語ってやったのになにごとだっ！」

早朝である。

登校中の在校生が大勢見ている。

そんな衆人環視《しゅうじんかんし》の中でも、こいつの挙動は首尾《しゅび》一貫《いっかん》――

逆に、見ているこちらが恥ずかしくなってしまうほど、どっぷりオタク色。

そして、その隣。目を閉じたまま、黙って立ち尽くす背の高い男……。

見た目にも格好よく、美形と言えなくもない顔立ち。

シャツの袖《そで》からは、引き締まった筋肉が見え隠れしている。

「……菊池の言にも一理《いちり》ある。大和撫子《やまとなでしこ》は、異性と肩を並べて歩くような真似《まね》はしないものだ」

ゆっくりと見開いた目を、そのまま文乃へと振り向ける。

幸谷大吾郎《こうやだいごろう》。こいつも俺たちのクラスメイト。家康とは違って高校入学組だ。

幸谷流柔術《じゅうじゅつ》——とかいう古武術道場の跡取り息子だと聞いたことがある。

特殊な環境で育ったらしく、どうにも一挙一動が古臭い。

まったく共通点のなさそうな俺たち三人組だが……。

実は、意外なところで共通点があったりする。まあ、それはさておき睨《にら》み合う家康と文乃をなんとかせねば。

「よかったなー芹沢。胸キュンハートフル登校だもんねー。って、舐《な》めんなオラァ！」

「はあ？　舐めるどころか、視野の片隅にだって入れたくないわよ！　今すぐダッシュして私の前から消えて。半径52キロくらい」

トライアスロンより厳しい。

「幼馴染《おさななじ》みと仲良く登校とか朝っぱらから甘い夢見てんじゃねーぞ！　そういうのはギャルゲーの中だけしかやっちゃダメって法律で決まってると言っておろーが！　オラオラオラァ！」

家康は文乃の肩を摑んで揺する。

昨日の今日でこれ。俺は家康を勇気ある漢《おとこ》と称《たた》えるべきなのか？

「アンタの脳内法律には興味ないし、仲良く登校でもないから。……だから嫌なのよ。ちょっと巧！　このバカ殺していいのよね？」

うーん、笑顔なのが恐ろしい。このまま放置すると、衆人環視の中でもかまわず実行してしまいそうだ。俺は三八度線休戦ラインを作るべく二人の間に入った。

「どうどう、落ち着け家康」

「……はっ、オレはいったいなにを……？」

家康の目に知性の光が戻ったのを確認する。

「こいつは一種のビョーキだから、大目に見てやってくれ」

「だったら、ちゃんと見張っときなさいよ」

ふんっとそっぽを向いて、文乃は髪の乱れを直す。

「親友が朝から女子とイチャラブしてたのを見て、つい取り乱した」

イチャもラブもしてないけどな。

そもそも、親友が女子と仲良くしてるからキレるってのはどうなんだ。

「すまなかった、芹沢」

「な、なによ……急に謝られても気持ち悪いんだけど。謝らなくても気持ち悪いけど」

「いや、謝らせてくれ。いちオタクとして、婦女子に声をあげるとは、あってはならんのだ！」

「謝らなくていいってば。むしろ死んでほしいわ」

「だが、これだけは言っておきたい！　縞パンは貴様のような三次元には勿体《もったい》ない！」

「いますぐ殺すッ」

そろそろ文乃の堪忍袋《かんにんぶくろ》が在庫切れを起こしかけている。激しい怒りに目覚めた文乃を、必死に背中で押しとどめる。どうどう。あと、今日縞パンかどうかは確認されてないぞ、家康。

アニメと違って、現実の女の子は毎日違うパンツを穿《は》くという事実を無視するなよ。

つまり、今日は俺好みの清楚《せいそ》な白パンかもしれないじゃないか。

そんな俺の妄想を無視して、ヒソヒソと大吾郎に耳打ちする家康。

「こわ⁉　最近の若者はキレやすいってマジなのね。これがゲーム感覚ってやつか……」

その姿が、ますます文乃を刺激する。

「巧っ、なんでコイツと平気で友達やってられるわけ⁉」

いや、そんなこと言われても。

確かに家康は、別名「鬼畜《きちく》の菊池」と呼ばれるほど性格は悪いが、根はいいヤツなんだ。

……たぶん。

「まったく冗談も通じないんだから。あー、そんで巧、乙女師匠《ししょう》は無事帰ってきたの？」

「無事だったけど……この体勢じゃ会話しにくい」

文乃と家康に挟まれた格好で和《なご》やかな会話を交わすのは不可能だ。だって暴れるし。

「ちょっと、巧！　なんでこいつが知ってるのよ？」

「え……、逃亡の手助け頼んだから」

「巧に頼まれたから」

「追われているから協力してほしい、と言われた時は何事かと思ったが。無事でなによりだ」

家康と大吾郎が言うのを聞いて、文乃はキリリと眉《まゆ》をつり上げた。

「菊池と幸谷は知ってて、私は放っておかれたわけ？」

「だから昨日説明しただろ？」

「そうね、私が問い詰めたから……一番最後にやっと話してくれたってことよね」

暴れるのをやめ、冷静な低い声が、かえって怒りを感じさせて怖い。

「えーと、文乃？」

ゆっくり解放すると、文乃は俺の足を思いっきり踏みつけ、鞄を顔面に叩きつけた。

「ぐわあぁっ」

「上等よ！　生涯《しょうがい》男同士だけで仲良くつるんでればいいわ！」

呪いのような捨てゼリフを残して、校舎へと駆けていく。

カラダの上下から走る激痛に、身をよじる。

「ふっ……所詮《しょせん》は口だけか。無抵抗のペットにしか強く出られないとは、情けないぞ芹沢」

口調は偉そうなのに、しっかり大吾郎の後ろに隠れている家康の姿の方が、もっと情けないと思うぞ。

「次に会った時は、殺意に対する恐怖で夜も眠れませんっていう、精神科医の診断書をとって法廷で相手になってやるからなっ。法治国家ニッポンを舐めんな！　国がオレの味方だっ！」

最低すぎる。

「……ま、冗談はさておき」

こほん、と咳払《せきばら》いを一つして、家康が大吾郎の背中から出てきた。

「乙女師匠が無事なら、なによりだ。さすがにちょっと心配してたんだわ」

家康は、乙女姉さんのことを「師匠」と呼んでいる。

別に、何かを教わっているわけじゃない。

その昔、家康が不良にカツアゲされそうになった時、乙女姉さんが見事な手腕で家康を助けたのだという。以来、すっかり心酔し「唯一認める三次元女性」とまで言い出した。

大吾郎と乙女姉さんの接点は、俺や家康とは少し趣《おもむき》が違う。

以前、乙女姉さんが猫の尻尾《しっぽ》を追いかけているうちに、大吾郎の祖父が営む道場に迷い込んでしまったらしい。乙女姉さんはいつもの笑顔であっという間に場に溶け込んで。

なぜか、大吾郎と手合わせをすることになったとか。

余興《よきょう》ではあるけれど、幸谷流柔術の素晴らしさを教えてやろうという気持ちで乙女姉さんの前に立った大吾郎は、結果として格闘家でも何でもない乙女姉さんに負けてしまった。

それはもう、見るも無惨《むざん》にフルボッコにされ、そして乙女姉さんの輝くような笑顔にやられてしまったらしい。それ以来、大吾郎は乙女姉さんに一目置《いちもく》いているそうだ。

当然、二人は乙女姉さんの困った「人助け癖」についても熟知している。

「それが……ヤクザ絡《がら》みの一件は丸く収まったんだけど、また新たな問題が発生してさ」

脳裏《のうり》に例の無口な少女の姿が浮かんだ。

「どした？　また揉《も》め事《ごと》？」

「今度は何があった？」

興味津々《しんしん》といった感じで、二人が問いかけてきた、その時。

校舎から、始業五分前を知らせる鐘の音が聞こえてくる。

「とりあえず、話は後で」

二人の袖《そで》を引っつかんで、校舎に向かって走り出した。


学園のモットーは、既に紹介した通り「友情」「努力」「勝利」の三つ。

そしてもう一つ、この学園には珍しい慣例が存在している。

――生徒からの授業料を一切受け取らないこと。

言ってしまえば、在校生全てが返還不要の奨学金《しょうがくきん》で就学していることになる。

じゃあ、どうやって経営が成り立っているのか。

答えは簡単だ。経営なんてしていない。

ざっくばらんに説明すると「とてつもない大金持ちが趣味でやってる」学園なのだ。

その大金持ちこそ、理事長・梅《うめ》ノ森《もりき》喜三郎《さぶろう》。

学園の名前にもなっている人物だ。……そして。

俺たちのクラスにも「梅ノ森」という苗字《みょうじ》を持つ生徒が一人、存在している。

「にっひ！　来た来た！　都築《つづき》が来た！」

小学生と見まがうミニチュアサイズ。

クリクリとした愛らしい瞳に、びしっと濃いめのつり上がり眉毛《まゆげ》。

そしてトレードマークの大きなリボンが、頭の上で揺れている。

梅ノ森千世《ちせ》――

ぱっと見ただけでは、洋菓子屋でなくてもキャンディをあげたくなるような、まるでフランス人形と見まごうばかりの可愛《かわい》らしいお嬢ちゃんなのだが。

彼女こそ、理事長の孫娘にして、財閥《ざいばつ》・梅ノ森一族に名を連ねる純潔セレブリティ。

その性格を一言で表すと、天上天下唯我独尊《てんじょうてんげゆいがどくそん》……。

以前、何かの折に「世界の中心はあたし」と放言していたのを聞いたことがある。

やつが中心なら、世界はさながらミキサーかフードプロセッサーだと思う。

なぜなら――

「よーしよし、都築、お手！」

ちっこい背丈から繰り出される、これまたちっこい手。

「ほい」

ポケットに入っていた塩キャラメルを置いてみた。

「うわ～い、ありがとー」

「はっはっは、銀歯が取れないように注意しろよ」

「もきゅもきゅ……うーん、甘くてしょっぱ……って、オラァ！」

「ぐふぅっ！」

世界を制しそうな鋭い左が俺のみぞおちを強襲した。

背丈が小さいので、普通にストレートを放つと上手《うま》い具合に急所に命中するという、実に危険極まりない拳《こぶし》だ。

「誰がっ、こんなものをっ、要求っ、したのよっ！」

苦しくて思わず膝をついた俺の顔面を、足でグリグリしてきやがる。

上履《うわば》きを脱いでいるのは、かろうじて残った慈悲《じひ》の心なのか、それとも俺を踏みつける感触を直《じか》に味わおうというのか……たぶん後者。

「ほ～ら早くっ！　お手っ！」

「う……」

躊躇《ちゅうちょ》すること、３秒。

梅ノ森が、それはもう楽しそうな表情で、俺を見下ろしている。

ならば、仕方がない。

俺は渋々と立ち上がると、彼女が上を向けて出した手のひらに手を置いた。

温かくて小さくて、俺が握ったら壊れそうな手だった。

満足そうに微笑《ほほえ》む梅ノ森千世は、そんな俺の感想を吹き飛ばす。

「よし！　これからも家来として下僕《げぼく》として、しっかりあたしに仕えなさいな」

よしよし、と頭を撫《な》でられる。

必死で俺の頭を撫でるために背伸びしている姿は、可愛いと思うのだが……。

なんだか転んでしまいそうなので、俺は少ししゃがんで高さを調節する。

彼女は背の低さを指摘されると怒り狂うので、何も言わずにだ。

そんな俺の溜息まじりの行動に、めざとい家康が気づく。

「うわ、プライドゼロ」

家康の呟きが、耳に痛い。

「男としての誇りはないのか、都築」

大吾郎《だいごろう》まで、そんなことを言い出した時、教室のドアが開いて文乃《ふみの》が入ってきた。

なんで先に行った文乃が、俺たちの後から来るんだ？

「……………」

素朴《そぼく》な疑問は、俺の姿を一瞥《いちべつ》した彼女の凍るような視線に粉砕される。

いろいろとワケありなんだよ——と訴えたい。

俺は溜息とともに、一昨日のことを思い出していた。


乙女姉さんが起こした揉め事について、後々面倒なことにならないように相談を持ちかけた相手が、この梅ノ森千世だった。

梅ノ森一族の影響力と経済力があれば、町の小さなヤクザを黙らせることくらい朝飯前なのだろう。実質、この町では梅ノ森一族は治外法権と言っても過言ではないのだから。

その証拠に、梅ノ森から諒解《りょうかい》を得た帰り道、小一時間前まで目を血走らせていたヤクザの皆さんが、俺の顔を見るなり懐《ふところ》から極太の出刃包丁《でばぼうちょう》を取り出して「せめて俺っちの小指で勘弁してください！」などと、言い出し、土下座した。往来《おうらい》のど真ん中で。

ヤクザ屋さんの小指（しかも第二関節まで）なんぞもらっても、ちっとも嬉しくないどころか、お弁当のウィンナーとかが食べられなくなりそうなので丁重《ていちょう》にお断りした。

しかし、小指は残らなかったものの、借りの方はしっかり残った。

こんな大げさなことは珍しいが、乙女姉さんのことで、千世にはずいぶん借り込んでいる。

大財閥のお嬢様がなぜ俺にこんなに関心を示してくれるのかは判《わか》らない。帰国子女である彼女のためにこの学校が作られたとすらいわれるお嬢様に、貧乏庶民が借りを返せるわけがない。

そこで、という訳ではないが、生まれて初めて誘拐《ゆうかい》しようとしたら相手が大金持ちのオタク少女でフラグが立って執事《しつじ》になった話のごとく、彼女は俺にフラグを立てた。

曰《いわ》く、「下僕《げぼく》になれ」と。せめて定番通り執事にしてほしかった。掃除は苦手だが。

ということで、俺は千世の下僕の一人ということになっているのだ。

一人、というのは学内に推定五十人ほどの下僕がいるといわれているからなのだが、俺ほど日常的にいろいろと彼女の世話を言いつけられている人間は見たことがない。

とはいっても、使い走りは彼女専用のメイドも学生として通学しているので彼女たちの役目だし、もっぱら、彼女のストレス解消と遊び相手、というのが俺の役割だ。

文乃という紅《あか》き狼に慣れた俺にとっては、正直、たいしたことではない。蹴りもパンチも文乃より軽いし、二人とも肉体言語で会話するというだけだ。いっそ判りやすい。それに、千世はこう見えて面倒見がよく、頼まれると断れないタイプなのだ。どことなく乙女姉さんに似ているし、性格の荒さもすぐに人を足蹴《あしげ》にするところも文乃に似ている。……必要以上に気の強いところもだが。なんとなく放っておけないのだ。

だから別に、ロリ系少女の生足＋ソックスでグリグリされたいなんて歪《ゆが》んだ性欲は持ち合わせていないんだ。本当だ。信じてくれ。妙な噂が広がるのは、もう勘弁だ。

「巧……変態だって噂は本当だったのね……幼馴染みを返上したいわ」

俺が変態呼ばわりされる原因はその幼馴染みのお前だ！

そして悲しいことに幼馴染みは返上できないんだよ？

「まーた弱味握られちゃって。あれですか、巧くんはこれとフラグを立てようとしてますか？　やめとけやめとけ、そんなアブノーマルな関係。あと三次元は二次元と違ってイイ匂《にお》いとかしないんだぜ？　くんくん……ほほう……濡《ぬ》れた子犬の香り。つまり獣臭《けものくさ》い。うぐお!?」

「うーざーい。巧、こいつ捨てといて」

ソムリエよろしく、梅ノ森の頭頂部の匂いを胸一杯に吸い込んだ家康は、当然ながら獣の報復を味わうことになる。千世の右手から立ち上った虹のようなアッパーで家康は昏倒《こんとう》した。

「……頼る相手くらい選べばいいのに」

ぽつり、と文乃が零《こぼ》した。

その呟きを地獄耳《じごくみみ》の梅ノ森は聞き逃さない。

「へえ？　あたしじゃ力不足だって言いたいの？」

ツカツカと文乃の席に歩み寄り、ギリリと睨《にら》みつける。

「あら。そんなこと言ってないわよ。それとも心当たりでもあるの？」

「なんでそうなるのよっ！」

ふんっ、と鼻息荒く、梅ノ森は腰に手を当て仁王立《におうだ》ちになった。

着席している文乃を、梅ノ森がギリギリ見下ろすような構図だ。

そんな梅ノ森に対抗するように、文乃がゆらりと立ち上がった。

げしっ、と机を踏みつけて、身を乗り出すようなポーズで。今度は文乃が梅ノ森を見下ろす。

その眼差しには、闘志が燃え盛っていた。

「だいたい、巧をオモチャにして何が面白いの？　馬鹿で遊ぶのは馬鹿の証拠だわ」

「へーえ、そのバカと一緒に仲良く登校してきたのは、どこの誰かしら？」

「推測で勝手なことを言わないで。なんで私が巧と仲良く登校しなきゃいけないのよっ」

二人の睨みあいが火花を散らす。

「言っとくけどココはあたしの学園で、理事長はあたしのお祖父《じい》ちゃんだし、お祖父《じい》ちゃんに頼めばあんただけ制服をスクール水着に変えてやることだって出来るんだから！」

「その時には、あんたの首によだれかけを掛けてあげるわ。おしゃぶりもセットでね！」

一触即発《いっしょくそくはつ》。文乃と梅ノ森の距離が、さらに接近する。

「まぁまぁ、二人ともその辺で」

俺は、二人の間に割って入った。ペットと下僕の義務というものだろう。情けないが。

「「あんたは黙ってて!!」」

一喝《いっかつ》。そのサラウンドな迫力に、思わずたじろいでしまう俺。

こういってはなんだが5・1chなんて目じゃない。

俺は、この猛獣たちを止める方法を探して周囲を見回した。

気楽なクラスメイトたちの声が聞こえる。

「いいなあ、都築はあの二人に好かれて」

「ほんとだぜ。二人合わせて五〇〇人は玉砕《ぎょくさい》してるぜ。見た目で言えば校内二強だよな」

「それに、どうやったらあの二人と会話できるんだ？　俺なんかこの間覚悟を決めて話しかけたら返事の代わりにSPがやってきて三時間も恋と愛の違いについて語られたのに」

「俺なんか、入学式の日に芹沢さんにラブレターを渡したら、目の前で一センチ角に破かれたんだぜ！　俺、芹沢さんに毎日踏まれたいと思っていたのに！」

……いや、そんな奴《やつ》のラブレターは破っていいんじゃないか？

ともかく実際、文章で読むと荒れているようだが、これは普通の日常なのだ。

それに、この二人の戦いは俺以外に波及しないことを既にクラス全体が理解している。

あげく、男子の半数以上は俺にむしろやっかみの目を向けてくる勢いだ。

いつでも代わってやるから、この争いを止めてくれ。

「仕方ないですなあ。ここは一肌脱ぎますか」

コキコキと首を鳴らして、家康が一歩前に踏み出した。

「うむ、友の窮地《きゅうち》を放ってはおけん」

二人とも、なぜか上半身裸だった。

大吾郎にいたっては、自分で上着を引きちぎったらしい。

一子相伝《いっしそうでん》の暗殺拳でも会得《えとく》したのだろうか。一肌脱ぐって……そういう意味か？

「ヘイ、お二人さんケンカはそこまでだ！」

「「うっさい!!」」

またしても完璧《かんぺき》なユニゾンでもって家康を一喝。

しかし、家康は動じることなくニヒルに笑ってみせる。

「ふっ……オレはもうダメだ。後はまかせた大吾郎」

「はやっ、もうちょっとがんばれよ！」

「うっせぇ巧！　おまえこそあんな猛獣を二匹も野放しにしてんじゃねぇ！　ちょー怖かった！　ちびるかと思った！　実際ちょっとちびった！　証拠見せようか？」

「見せんでいいから、下まで脱ぐな」

「こうなったら、俺が……」

「おおっ、行くのか大吾郎！」

ずいっとふたたび進み出た大吾郎は、未《いま》だ睨み合いを続ける二人に歩みよる。

「…………」

と、思ったらいきなり固まった。

「む、むむむぅ……」

さらに、大吾郎から今まさに絞《し》め殺されてるって感じの低いうめき声が漏れ出す。

「大吾郎……？」

「ところで巧、俺は何をすればいいんだ？」

バカってすげーな、おい。

と感心したところでチャイムが鳴り、立ち尽くす大吾郎を残して、みんな自分の席へと戻っていく。文乃と千世はまだ火花を散らしていたが、授業が始まってしまえば大騒ぎも出来ないだろう。いつものコースが終了で、クラスは普通の状態に戻っていく。

無事に終わったことに胸をなで下ろしつつ、俺も席に戻る。二人が、目が合った瞬間にお互いにフン、と目を背《そむ》ける仕草を見て、思わず笑ってしまった。

その日、文乃と千世が口をきいたのは、俺と家康たちを除けばお互いだけだったという事実に気づいたのは、たぶん、俺だけだろう。俺は、結構、これでいいと思っているのだ。

「さて、ミスター巧《たくみ》。そろそろ聞かせてはもらえまいか」

帰り支度を整えた家康《いえやす》が、そそそっと俺の側《そば》に近づいてきた。

「聞かせるって、何を？」

「またまたオトボケになって。今朝言ってたじゃん、面倒なトラブル発生中とかなんとか」

ああ……そのことか……。

忘れてたわけじゃない。あえて思い出さないようにしていたというか。

「乙女《おとめ》さんに関《かか》わることだろう？　俺にも聞かせてもらいたい」

大吾郎《だいごろう》まで、側に近寄ってきた。

そんな俺たちの様子を、興味深そうに見つめている女子が一人。

梅《うめ》ノ森千世《もりちせ》だ。

「よーし、この話はまたあとで！　それより、家に寄ってくだろ？」

梅ノ森に勘《かん》ぐられては厄介《やっかい》だと思い、慌《あわ》てて話をそらす。

「……………」

あ、ありゃ？

なんの話？　聞かせなさいよ——と言いつつ、こちらに来るかと思いきや。

梅ノ森は意味深な笑みを浮かべて、そっと教室から出ていってしまった。

……なんでも首を突っ込みたがる梅ノ森にしては、珍しい。

そんな梅ノ森を横目で見つつ、文乃は着席したまま動こうとしない。

俺たちの話を聞いておこうという腹積《はらづ》もりなのだろう。

「で、どうしたって？　デビルサイダーの瘴気《しょうき》を浴びて、第二のサタンとして覚醒《かくせい》したか」

「古い。そしてもちろん違う。……姉さんが、また生き物を拾ってきたんだ」

溜息《ためいき》まじりに呟《つぶや》く俺を見つめて、家康と大吾郎は目を瞬かせた。

「んん？　それのどこがトラブル？　いつものことじゃないの？」

「これまでにも、よく耳にした話だな」

「そうだけど、今回に限ってはそうじゃない」

またしても、脳裏にあの少女の姿が浮かぶ。

乙女姉さんに首根っこを掴《つか》まれて、連れてこられた無口な少女。

「今回、乙女姉さんが拾ってきたのは、ヒト。しかも女の子なんだよ」

ぽかんとしている二人に、順番を追って説明してやる。

乙女姉さんが、あの女の子を拾って連れてきたこと。

名前は霧谷《きりや》希《のぞみ》といって、無口で無表情な子だということ。

コミュニケーションが難しく、その他の情報は不明であること等々。

「それって、つまりアレ？　巧に義理の姉か妹が出来るって話？」

「……は？」

どうしてそうなるんだ？

「だってそうじゃん。前例があるわけだしさ？」

前例……。言われてみれば確かに、その可能性だってないとは言えない。

……そもそも、あの霧谷希という子は、俺よりも年上なんだろうか年下なんだろうか。

俺は、意外と冷静にそんなことだけが気になっていた。

学園の中で、最も空に近い場所——それは屋上である。

眼下に広がる街並みを見下ろしながら、梅ノ森千世はフンと鼻を鳴らした。

その視線の先には、四人の男女がいた。

都築巧《つづきたくみ》、菊池家康《きくちいえやす》、幸谷大吾郎《こうやだいごろう》、そして少し離れて芹沢文乃《せりざわふみの》が歩いている。

あの四人は、何かを隠している。

それが千世には、なんとなく気に入らない。

「……で？　都築たちは何の話をしてたの？」

まるで独り言を呟いているかのように、千世は言った。

その背後で、二人の女子が恭《うやうや》しく頭を下げる。

彼女たちは、梅ノ森家に仕える使用人の子女たちであり、千世の私的なメイドだった。

「断片的にしか聞き取れませんでしたが……また、あの都築乙女が面倒なトラブルを持ち込んだようです。何かを拾ってきたとか、そのような会話をしておりました」

「なんか、前にも似たような話を聞いたような気がするけど。猫か犬を拾ってきたって」

「今回は事情が違うと、そのようなことも言ってました」

「ふうん……」

それにしても、だ。

本当に毎度毎度、飽きもせずに面倒事を持ち込んでくる女だ……と千世は思う。

たかが姉の分際で、この梅ノ森千世の下僕《げぼく》たる巧をコキ使うとは。

その一事だけでも、実に許し難い。それに、どうにもあの都築乙女という女は苦手だ。

千世は過去数度、乙女と会って話したことがあった。

どれだけこっちが威圧的に攻め込んでも、ヘラヘラ笑って柳のように受け流される。

『かわいいー♪』とか、『抱っこさせてー♪』とかぐりぐりなで回され……。

あげく豊満な胸で窒息《ちっそく》させられかけた。

暖簾《のれん》に腕押し、糠《ぬか》に釘《くぎ》。

気がつくと、いつしかあちらのペースに巻き込まれてしまう。

おもしろくない。実におもしろくない。

都築巧は梅ノ森千世の下僕であって、芹沢文乃のペットでも、都築乙女の子分でもない。

そうでなければならない。あたしだけの。

「ごくろー。引き続き、あの四人のあとをつけて詳しく調べておくよーに」

両手でフェンスの網を掴みながら、千世は指示を下した。

豆粒のように小さくなってゆく巧たち一行の姿を、じーっと追い続ける。

「都築は、あたしの下僕なんだから」

文句あるか、と言わんばかりに、千世はそう呟くのだった。

「ぶっちゃけた話、警察に届け出た方がいいんじゃねーの？」

ストレイキャッツへと向かう道すがら、家康がそんなことを言いだした。

「警察……？」

「いや、だってそうじゃん？　その乙女師匠《ししょう》が拾ってきた女の子ってのは、オレらと近い歳《とし》っぽいんだろ？」

まあ、あくまで見た目からの推測でしかないけど。

「ってことは、家出少女ってセンも考えられるわけだ？　家族が心配してるんじゃないのか？

ま、乙女師匠なら、その辺のことを考えないはずはないと思うんだが……」

突然やってきた、身元不明の少女。

黙秘《もくひ》しているのか、それとも無口なだけなのか、あるいはその両方か。

考えれば考えるほど謎《なぞ》は深まってゆくばかりで、しかも真実は本人の口から明かされるまで誰にも分からないときた。

それまでムスっとした顔で話を聞いていた文乃が、初めて口を挟んだ。

「考えるだけ無駄《むだ》でしょ。乙女さんか本人に話を聞くしかないわよ」

と呟いた。いやまったくその通り。

謎《なぞ》の答えは全て、あのボロっちい洋菓子店に詰まっている。

「えー、ところで皆さん、お気づきでしょうか？」

不意に家康が手を挙げた。

いきなり、なんだ？

「さっきまで一緒に歩いてた仲間が一人足りません。さて誰でしょう」

指摘されて、大吾郎の姿が忽然《こつぜん》と消えていることに気がついた。

元々、寡黙《かもく》な男ではあるのだが、いきなり消えていなくなるようなヤツでもない。

「正解は、あちら」

と、恭しい動きで方向を指し示す家康。

そこにはおもちゃ屋のウインドウに密着して、物欲しそうな顔で、じっと店内を見つめている短髪の武道家の姿があった。なにをやっとるんだアイツは。

しばらくして、肺が空になるほど長い溜息を漏らしつつ、大吾郎は戻ってきた。

今にも泣きだしそうな顔をしているのは、なぜだ?

「……すまん。つい見入ってしまった」

その一言で疑問は氷解した。

プラモデルだ。

物欲しそうに、じーっと大吾郎が眺めていたのは、プラモデルに違いない。

「なんかいいモノあった?」

「うむ。280分の1スケールの彦根城《ひこねじょう》——それもかなりの腕前を持った職人が組み立てたに違いない。ほぼフルスクラッチだと言っていい。おそらくはプロの仕事だろう。あれぞまさしく造形美の極地。和と禅《ぜん》の融合一体化。目指すべき目標を得た思いだ」

「いい趣味だ。さすがは我が友」

満足そうに家康が言う。ぶっちゃけた話、大吾郎は家康に出会うまでマトモだった。

いや、時代錯誤《さくご》なところは昔からで、そこを除いての話だけども。

漫画やアニメなど子供の楽しむものにすぎん——と放言していた大吾郎を、言葉巧みに怪しげなオタクワールドへと引きずり込み、一介のプラモマニアに変えてしまった。

ただし、まだ「日本の城シリーズ」や「仏閣寺院《ぶっかくじいん》シリーズ」にのみ興味が注がれている点を家康は苦々しく思っているらしい。大吾郎らしいといえば大吾郎らしいのだが。

そして、思い出したように家康は鞄《かばん》からDVDを取り出した。

「そうだ。巧、昨日言ってた深夜アニメのDVD渡しとく」

「お。はっはっは。すまないね家康君」

俺はありがたくDVDを受け取った。

「判っていると思うが当然コピーは不可だ。納得したら、DVD予約しろ」

「当然だ」

俺は請け負った。一応言っておくが、これは不正コピーではない。

エアチェック録画分の貸し借りでデータコピーは不可だ。

うちにはリビングに一台しかテレビがないしHDDレコーダーなんて気の利《き》いたものはない。

古いビデオデッキがあるだけなので、家康にPC用のDVDを借りているのだ。

清く暑苦しいオタクである家康は、某巨大掲示板の住人のごとく不正に厳しい。

家康の影響で深夜アニメにはまり、軽度のオタク症状を進行させている俺としては、家康の言うことがよく分かる。それに……DVDには特典がついてくるのだ。

俺と家康はがっちりと握手した。大吾郎がうんうん、と俺たちを見て感涙する。

そんな二人の握手を傍《そば》で眺めていた文乃は、たった一言、

「きもっ」

ばっさり切り捨てるのだった。


エントランスには「準備中」の札が、掛けられたままになっていた。

要するに、今朝、登校前に俺が掛けて、そのままってことだ。

「つまり乙女《おとめ》姉さんは、今日は店を開けなかった……と」

なぜだろう、頭痛がしてくるよ。

「……どこの世界に、バイトに一言もなく店を閉めてる洋菓子店があるのよ」

すみません。目の前にあるみたいです。

しかし俺はきっちり、下準備の用意も、材料の搬入《はんにゅう》もやった。

開店しなかったのは乙女姉さんの判断だからな――と、心の中で反論だけはしておく。

鍵《かぎ》を開けて、家康《いえやす》たちを店の中に案内した。

「乙女師匠《ししょう》に会うのは久しぶりの予感」

どことなく嬉《うれ》しそうな、家康の声。

「実は俺もなのだ。近頃は道場の方にも足を運んで下さらないからな」

「ここ最近、姉さんはあっちこっち出かけて留守が多かったからな。たまに帰ってきて、日持ちしそうなケーキを山ほど作って、またいなくなる……ってパターンが多かった」

日持ちするケーキというのは、いわゆる「ガトーショコラ」や「パウンドケーキ」など。まるでパンのような「パネトーネ」や、ブランデーに漬け込んだドライフルーツをたっぷりのバターで練りこんだ「シュトーレン」なんかも一週間くらいは持つ。

でも、やっぱり。

ケーキ屋の主役は、生クリームが主体の「日持ちしないケーキ」なんだよな。

なんだかんだ言っても、やはり一番売れるのは、王道のショートケーキだったりするし。

「後でコーヒーでも淹れるよ。文乃《ふみの》、何か適当にパウンドケーキでも……」

「私、着替えるから。自分でやれば」

と、そっけなくレジ奥の事務スペースへと消えてゆく文乃。

あいつとはいっぺん、オーナーの家族とその扱いについて語り合う必要があるな。

「すまん都築《つづき》、梅昆布茶《うめこぶちゃ》か玄米茶《げんまいちゃ》はないか？」

おずおずと挙手する大吾郎《だいごろう》を制するように、家康が身を乗り出した。

「そーゆーのは後回し。まずは乙女師匠が連れてきたとかいう、例の無口キャラの話だ」

無口キャラて。確かにそうだけど。

「お前、三次元の女子には興味ないんじゃなかったっけ」

「そうだけど、中には例外もあるのよ。アニメ声だとか、実は同人作家です、とか。性欲の対象として見るかどうかはまた別の話」

平然と性欲とか言うんじゃない。

まあ……昨日の晩飯で、まったくコミュニケーションが図《はか》れなかった失敗例もあるからな。口の達者な家康がいれば、多少は話を聞きだすことが出来るかもしれない。

……なんて、そんな甘いことを考えながら、なんとなくドアを開けたのがマズかった。

俺は我が目を疑い、家康は戦慄《せんりつ》し、大吾郎は石像のごとく固まっている。

人間、あまりにも衝撃的な驚きに直面すると、言葉も出ないらしい。

せめて「わー」とか「きゃー」とか言い出せば、自分がパニックに陥《おちい》ってることが確認できたのに。いやしかしまさかそんなご冗談でしょう、と脳が理解を拒絶する。

何に衝撃を受けたかって？

リビングのソファーに座っていた、素っ裸の少女にだ。

乙女姉さんが拾ってきた少女――霧谷《きりや》希《のぞみ》が、一糸《いっし》まとわぬ姿でそこにいる。

俺は幻《まぼろし》でも見ているのか？　と視線で家康に問いかける。

いやいやオレに訊《き》かれても困りますことよ？　と家康が首を横に振る。

まさか俺は日本男児にあるまじき愚行《ぐこう》を犯してしまったのか？　と大吾郎が青ざめていた。

しかし、目は離せない。

綺麗《きれい》だ。

少し小さめかもしれないが、貧乳はステイタスという格言もある。

もちろん、見てはいけないと判《わか》っている。大吾郎は男らしく目をつむり、家康は遠慮なく視線を注いでいる。俺は……両手で顔を覆《おお》いつつ、指の隙間《すきま》を閉じられない。

すまん、正直に言う。

乙女姉さんと最後に入浴した七歳の時以来、初めて見た異性の柔肌だったのだ。

卑怯《ひきょう》と言われようと、要は勝てばいいのだ。というか見ない選択肢が俺の脳内メニュー表に出てこなかった。たっぷり十秒ほど、そのまま沈黙が続いて——

「……おかえりなさい」

裸の少女が、真《ま》っ直《す》ぐな視線を俺に向けて、そう言った。

昨日の「にゃー」に続いて、二回目のお言葉である。

「あ……ああ？　ただい……ま、でいいのか？」

まだパニック状態続行中。

わめきもせず、隠そうともせず、超然として座り続ける裸の少女、希。

「くしゅんっ」

あ、くしゃみした。やっぱ寒いんだ……

などと、混乱を極める脳細胞が妙なことに感心してしまったその時、背後に気配を感じた。

それが文乃であると気づいたのだが、時既に遅し。

「ちょっと巧《たくみ》、事務スペースの蛍光灯切れてるじゃない。なんで交換しな…………え？」

沈黙。

緩《ゆる》やかに状況を把握《はあく》した文乃は、一瞬の硬直の後、神速で動いた。

瞬きするまもなく、自分の鞄《かばん》からバスタオルを取り出して希の身体《からだ》に巻く。

青少年に有害とPTAに怒られそうな状態から、零時を回ったらギリギリ許可されそうなバスタオルからのぞく脚線美のみの状態に希を移行させると、文乃は俺たちを向き直った。

「……るな」

ぽそり、と何かを呟いた。

るな？　るなってなんだ？

「見るなあああああああああああああああぁぁぁぁぁぁぁぁッ‼」

鮮やかな旋風脚《せんぷうきゃく》。

その一閃《いっせん》で文乃は、俺と家康と大吾郎をなぎ倒した。

のちに、大吾郎は「あれほど見事な蹴りは見たことがない」と回想している。

「そのまま腐って死ねっ！」

ついでに飛び出す、いつもの追い討ちキルワード。

騒動の渦中《かちゅう》である希は、ボーっとこちらを見ているだけで反応が薄い。

その時だった。

「あらあらあら！　ごめんごめんごめん！　ちょーっと遅かったみたいね～」

不動明王《ふどうみょうおう》のように屹立《きつりつ》する文乃の後ろから、ひょっこりと乙女姉さんが姿を見せた。

両腕に山のような衣類を抱えて。

要するに、風呂《ふろ》から出たばかりだったと。そういうことらしい。

しかし替えの下着も服もなかった。

服は乙女姉さんが貸すつもりだったらしいのだが、サイズが合わず、仕方ないので可能な限り合いそうなサイズの服を探しているうちに——

かくのごとき事態に相成りました、というわけなのである。

「それでもバスタオルで隠すとかっ、いろいろ手段はあるじゃない！」

ずがががんっ、と文乃が雷を落とした。

落雷ポイントには、やっとのことで服を着た希が、ちょこんと座っている。

「手で隠すとかっ、他の部屋に逃げるとかっ！」

「……隠す？」

「そ、そう！　隠す！　裸を見られるのはイヤでしょ⁉」

芹沢《せりざわ》文乃、ついに霧谷希と相互コミュニケーションに成功。記念すべき第一歩だった。

しかし、文乃にしては少し勢いがない。初対面の他人だから遠慮してるのか？　いいや、文乃に限って、そんな謙虚な態度は一度だって見たことがない。

ただ、まるで物怖じせずに真っ直ぐに文乃を見つめる希の視線に、文乃は戸惑っているらしい。考えてみれば、そんなヤツは今までいなかった。あの梅《うめ》ノ森《もり》でさえ、怒っている文乃と対面すれば、視線を逸《そ》らすのだから。

「あのね、本当は下着だって見られるのはイヤなものなんだから！　パンツなんか見られようものなら、その場で蹴り倒して、踏みつけてもいいくらいなの！　わかる⁉」

言っておくが文乃、それは決して世界の常識ではないからな。確かにおまえは有言実行してるが。主に俺に。

「なんかさ、学校で『巧は変態』とか言われてるけど、逆だよな。芹沢がドSなんだよな」

哀れみの籠《こも》った眼差しを向け、家康が俺の背中を優しく叩《たた》いた。

――わかってくれるか、友よ。

「菊池だろう？　都築を変態呼ばわりした上に、そのような噂《うわさ》を流布《るふ》していたのは……」

ぽつり、と大吾郎。

「いやあ、だからシミジミ思うんだよね。俺が間違ってた……げぼふっ⁉　んごご⁉」

「おまえかっ、おまえが流した噂かっ⁉」

思わず家康の首を絞《し》めた。

友情とは、かくも脆《もろ》く崩れやすいものだったのか。

「うっさいっ！　話の邪魔《じゃま》！　黙ってて！　巧は呼吸も禁止っ！」

んな無茶な。

皮膚《ひふ》呼吸すら許しません、と言わんばかりの迫力に気圧《けお》されつつも、とりあえず黙り込む。

「ええと、霧谷さん……だっけ？　こういうのは良くないことなのっ」

「……希」

「え？　あ……希、さんね。どっちでもいいけど、とにかく裸で人前に出るってことは、」

「希でいい。……さん、つけなくていい」

ぽそぽそっ、としゃべる希に、激怒の間合いを外され続ける文乃。

そこに、乙女姉さんが割って入った。

「ちゃん、はつけてもい〜い？　その方がなんだかカワイイ感じが——」

ぎろりっ。

乙女姉さんを睨む文乃アイ。小さな虫なら、それだけで殺せてしまいそうだ。

「こわいよー文乃ちゃん、もっとスマイルスマイル。眉間《みけん》に十円玉を挟《はさ》めそうなくらいシワが寄っちゃってるよ？　そのうち第三の眼が開いちゃうかも？」

「乙女さんも、黙っててくださいっ！」

ついに、乙女姉さんにまで文乃が噛《か》みつこうとした、その時、

「……つけてもいい」

希が、こくんと頷《うなず》いた。

何をつけてもいいって？

「ちゃん、つけてもいい」

そこかよ⁉

「その話はいいのっ！　今、大事なのは女として恥じらいを持たなきゃダメっていうコト！」

「……どうして？」

「どうしてもっ！！」

「……わからない」

「なんでっ！？」

一見、意思の疎通《そつう》が図れているようで図れていない、ズレた二人。

聞いてるこっちまで疲れてくる。無限のループに突入してしまいそうだ。

「別に、困らないから」

「ああっそうっ！　じゃあそれはそれでいいけど！　こっちが困るから服は着なさい！」

ついに出た。「アンタがいいならそれで構わないけど、こっちが迷惑だからやめろ」作戦。

この無茶極まりない論法において、文乃は百戦百勝。

これまで、数々の制約を俺に与え続けてきた。

古いところでは「麦茶に砂糖を入れて飲む行為の禁止」などが挙げられる。美味《おい》しいのに。

「自分が、周りにどんなふうに見えちゃってるのか、関心はないのっ！？」

「ない」

うわ、あっさり否定したな、オイ。

自暴自棄《じぼうじき》になっている、というわけでもなさそうだが……それにしても淡々としている。

「……なあ巧」

クイクイっと、家康が俺の袖《そで》を引っ張った。

「俺は思うんだが、このチルドレンだとかインターフェースといった単語を連想させるお嬢さんにだね、もちっと他に有意義な質問をぶつけるべきじゃないの？」

なんだか知らんが、もちっと普通の表現はでききんのか。

でも、その意見には賛成したい。

堂々巡りになりつつある会話に、オーディエンスの俺たちも疲れてきた。

そろそろ呼吸もしたいという切実な熱望もある。

「そこで俺に秘策がある。とりあえず一旦、場を和《なご》ませるための秘策が」

拝聴《はいちょう》しようじゃないか。

「鳴かぬなら、土下座で頼もうホトトギス——覚えとけ、菊池家の家訓だ」

「プライドとかもっと大事にしようぜ、菊池家」

と、家康が突然、真面目《まじめ》に沈黙を続けていた大吾郎の耳に何かを囁《ささや》いた。

断片的な言葉しか聞き取れなかったが「大和魂《やまとだましい》」「婦女子に負けては男の名折れ」という、非常に怪《あや》しげな単語が混じっていたように思う。

「ぬ……わかった菊池、皆まで言うな。その言には一理ある」

くわわっ！　と瞠目《どうもく》する大吾郎。

ゆっくりとリビングの中央に歩み出し、俺たち全員を睥睨《へいげい》する。

「な……なによ？」

大吾郎の接近に気づいた文乃が身構えた。

余計なことでもしようものなら、また蹴り倒すぞ——という意思表示だ。

しかし大吾郎は、鹿のような涼《すず》やかな眼差しで文乃と希を見つめ、言い放った。

「確かに先ほどは公平な状況ではなかった。日本男児にあるまじき行い……恥じ入るばかりだ。借りは返さねばならない。菊池の指摘がなければ俺は気づきもしなかっただろう。未熟者ではあるが、せめて借りを返させていただこう」

ぽかん、と家康を除く全員が大吾郎に視線を集中させている中……。

「ぬぅおおおおおおおっ！」

なにやら、上半身に全力を込めて、妙なポーズで唸《うな》りだした。

顔は真っ赤を通りこしてどす黒く変色し、だらだらと吹き出す汗がアゴのあたりに雫《しずく》となって溜《た》まっていく。

……てか、なにやっとんだ？

「はあああああ……くぅ、やはり、俺にはまだ無理なのか……」

「いや、おまえが何をしたいのかさっぱり分からんのだが」

「うむ。こう、盛り上がる筋肉で上着がはじけ飛ぶ——というのを実践したかったのだ」

ああ、なるほどね。

「仕方ない。やはり、手で破るか……ぬりゃあああああ！」

「って、なにをやっとんじゃおまえはあああ！」

ウェット＆ワイルドに上着を引きちぎる大吾郎。って、昼間も破いてたけど、替えの服はどこから調達したんだろうか。

「なっ、ちょちょちょ、ちょっと!? 幸谷《こうや》っ!?」

制止する間もなく、真っ赤なふんどし一丁の姿になった大吾郎。

「わーお、たくましーい♪」

黄色い声を上げているのは、もちろん乙女姉さんである。

その惚《ほ》れ惚《ぼ》れするような筋肉美に、一瞬、俺も拍手を贈りたくなってしまう。

「霧谷といったな、これで許せ! どうしてもと言うのなら、このふんどしも——」

「脱ぐなあああああああああああああああああああああッ!!」

文乃の大絶叫と、踵落《かかとお》としが炸裂《さくれつ》する。

ふんどし一丁のまま、大吾郎は倒れ伏した。死んだかもしれない。

「二回死ねっ!!」

いつものオーバーキル発言と、笑い転げる乙女姉さん。

してやったり顔の家康に、頭を抱える俺……。

そんな俺たちを眺めつつ——希は呟くように、

「……ヘンな人たち」

声を洩《も》らした。

なんとなく、少しだけ微笑んでいるような。

そんな気がした。

第二章「楽しい学校生活の問題点は」

梅《うめ》ノ森《もり》千世《ちせ》の夜は、一杯のホットミルクで終わりを告げる。

ＢＧＭには、なぜか往年のアニメソング。

天蓋《てんがい》つきのベッドに潜り込みつつ、ばくしっ、とクシャミを一つ。

小さな手で枕元《まくらもと》に置いてある呼び鈴をつまんで、ちりんと鳴らした。

「お風邪《かぜ》をお召しですか、お嬢様？」

皺深《しわぶか》い老執事《ろうしつじ》が、心配そうに千世の顔を覗《のぞ》き込んでいる。

「まっさか。世界中であたしの噂《うわさ》をしてるだけよ」

だって、この世は梅ノ森千世を中心に回っているのだから——と本人は信じて疑わない。

おそらくそうでしょうな、と柔らかに応《こた》えつつ、老執事は一枚のメモを取り出した。

「お休み前に報告がございます。今、お聞きになりますか？　明日の朝になさいますか？」

「寝る前のストレッチしながら聞いたげる。今日はなに？」

立ち上がった千世は、ベッドのスプリングを利用して、軽いストレッチ運動を始めた。

せめて降りてから……もしくは起床後になされればよろしいのに、と思っても、老執事は口にも表情にも出さない。

「まず一点、旦那《だんな》様からの伝言がございます」

「お爺様から？　どんな？」

「はい。明日の昼食は共にしたいと」

「おっけー、つっといて。他に何か言ってなかった？」

「屋上の件は好きにしてよろしい――とも、おっしゃっておりました」

「そうこなくっちゃ」

ぐっ、と親指を突き立てる千世。

「次に、お嬢様のお探しになっていた絶版の漫画でございますが……」

老執事は、なぜか声のトーンを落とした。

「見つかりました。とあるコレクターが所有しているとの確かな情報でございます」

「札束で顔面を張り倒して、手に入れなさい」

「かしこまりました」

と、表立っては恭順《きょうじゅん》な返答をしつつも、老執事は苦々しい表情を浮かべていた。

「……差し出がましいとは存じながら申し上げます。お嬢様、そういうアイテムやグッズは自らの努力で手に入れてこそ価値が出るというものでは……」

「あ～～～あ～～～～聞こえない～～～～～」

両耳を塞《ふさ》ぎ、聞こえないフリに徹する千世の姿に、老執事は軽く眩暈《めまい》を覚えた。

いつになったら、この方はオトナになってくださるのだろうか……と。

これでは、彼女の養育に命をかけている彼女の祖父がかわいそうではないか。

「わかったわかった。他にまだ何かあるわけ？」

「はい。最後に、お嬢様のご学友……都築《つづき》様の件でございますが」

ぴくっ、と千世の耳が動いた。

「報告によりますと、昨日、都築様のご自宅におかれまして、身元不明の少女と同居している旨《むね》を確認した、とのことございます」

「はあ⁉　同居⁉」

思わず、素《す》っ頓狂《とんきょう》な声を上げてしまう。

なにそれ？　誰それ？

「ちょ、意味がわかんない。どゆこと？」

「犬でも猫でもなく、少女を拾ってきたと。そういうことのようでございますな」

「あの都築乙女が人を拾ってきて、一緒に住み始めたってこと？」

「おそらくは、そのようなことかと存じます」

うーむ、と千世は腕を組みつつ考えた。

――相変わらずなんでもアリな、無茶苦茶する女だ。都築乙女ってやつは。

梅ノ森学園のOGであることは知っている。いわば学園の先輩だ。

しかしこちとら、梅ノ森の令嬢である以上、格は遥《はる》かに上である（と思う）。

「少女って、どのくらいの少女？　歳《とし》は？　どこの誰？」

「現在、調査中とのことです。ですがいくつか判明していることもございます。まず名前ですが〝霧谷《きりや》希《のぞみ》〟と名乗っているとか。年頃は推測で14から17歳程度。端正な顔立ちの素敵な少女ですな。写真をご覧になりますか？」

「見る見るっ、ってか、先に見せなさいよ！」

老執事の手から写真を奪いとると、千世は食い入るようにそれを見つめた。

超望遠で捉《とら》えた少女の横顔が写っている。

まあ、カワイイと言えなくもない。自分の次くらいには。

あの芹沢文乃よりは、二億倍マシだ。

ただ許せないのは、自分の下僕《げぼく》である都築巧《たくみ》と、勝手に同居し始めた……という点。

下らない面倒事は相談しに来るくせに、肝心なところで話を持ってこない巧の行動に、少し腹立たしさを感じる。そーゆー話こそ、真っ先に聞かせに来るべきではないのか。下僕なら。

「その女のこと、もっと詳しく調べられる？」

「霧谷希という少女のことですな？　承知いたしました、さっそく手配を」

たいへんよろしい、と大きく頷《うなず》いて、千世は再びブランケットに包まった。

その頃、都築家――洋菓子専門店ストレイ・キャッツでは会議が開かれていた。

議題は、霧谷希について。今、一部で最もホットなトピックである。

「だからね？　街で拾ってきたんだってば」

質問攻めに遭《あ》っているのは、希を拾ってきた張本人・乙女姉さん。

「そうよね、希ちゃん？」

「……そう」

こくん、と頷く希。

「どういう状況で、どうしてそんなことになったのか、それが聞きたいんだよ」

好きで詮索《せんさく》したいわけじゃない。

人には聞かれたくないことがあるってことも、俺は十分わかってる。

でも、ほっとくわけにもいかないだろ？

うちの家長はいささかどころでなく頼りない乙女姉さんだし、ここは俺がしっかりしないと。

どう見ても、彼女は十代だ。ってことは、下手《へた》すりゃ乙女姉さんは誘拐犯《ゆうかいはん》にされるって可能性だってある。だから俺が現実をキチンと把握《はあく》しなくては。

とは思うのだが……。

「なんだー、ヤキモチかなー、希ちゃんに姉さん取られちゃうってぇ？　巧ったらかわいー――ったらありゃしないー。ん――っ♪」

ぎゅっと抱きしめられ、ぐりぐりされる。いいからその巨乳を押しつけないでください。

「やっ、乙女姉さんっ、そーゆーんじゃなくて」

「もうっ、姉さんは巧がだ――いすきっだよーっ！　そんな心配しなくていいのー♪」

そんな心配してねぇっ！　俺のこの逃げようとしつつ前屈みの苦しさを察してくれ。

「ふ――ん」

文乃まで冷たい目で……違うって。不可抗力だって。

でも乙女姉さんが拾うってことは、頼れる家族や身内がいないってことなんだろう。

そういうトコ、妙にカンが働くんだ、この人。

拾い手のいない迷い猫を、見つけるのがうまい人だから。

「まあ……無理に語れとは言わないけどさ。……事情もあるんだろうし……」

ちら、と文乃の顔を覗き見た。

「……なんでこっち見るの？」

うわ、ばっちり目があっちまった。

「いや、ええと、文乃からも聞きたいことがあるんじゃないかと思って」

ないわよ別に、と洩《も》らしながらも、文乃は希の存在が気になっているようだ。

先ほどから「服のサイズは合ってるの？」「下着の替えは？」「お茶飲まないの？」等々、細かく世話を焼いている。

「みんな、もうそろそろ時間も遅いし、家に連絡したほうがいいかも。あ、そうだ！　何か食べる？　作ろっか？　焼きうどんとかっ」

「姉さん……」

ジト目で、乙女姉さんを見つめた。空気読もうぜ、というメッセージをこめつつ。

「う。そんな目で見ないでよぅ。……希ちゃんを拾った経緯《いきさつ》？　を話せばいいの？」

うんうん、と四人——俺、文乃、家康、大吾郎は頷いた。

「ん〜〜〜〜……サイパンにまで、とあるご家族をお送りしたのは、もう知ってるわよね？」

ヤクザに追われていた一家を逃がそうと、海外に送り出した……例の一件だ。

おかげで梅ノ森に、また借りを作ってしまったのだが。

「それで、帰りは成田《なりた》空港だったの。電車に乗ってウチに帰ろうとしてたら、どこ行きの電車に乗って帰ればいいのか、途中でわからなくなっちゃって」

言いながら、乙女姉さんが自分の頭をこつんと叩《たた》く。

非常に乙女姉さんらしい話である。

「そういう時はぜひご一報を。全国のありとあらゆる路線を網羅《もうら》し、かつ車両型式についても造詣《ぞうけい》の深いオレがお役に立ちます。クハとクモハの違いについて手取り足取りご教授します」

出たな、鉄道マニア。

「もう、電車って不便よね。決まったところにしか止まってくれないんだもの」

「おおう⁉」

愛するものを身《み》も蓋《ふた》もなく否定された家康は、すがりつくように大吾郎の胸で泣く。

「やっぱり、車があると便利よねぇ、いっそ買っちゃおうかしら」

「どこをひっくり返したら、うちにそんなお金があるんだよ」

だいたい、姉さんに車なんてむやみに機動力のある乗り物を与えたら、それこそ一生戻ってこない気がする。

「どうでもいいけど、話が脱線してるわよ」

文乃の冷静なツッコミで我に返る。

「で……ええと、なんだか知らない駅で降りちゃって、どうしよっかな〜と思ってたときに、希ちゃんを見かけたのね」

ようやく、乙女姉さんは希との出会いについて語りだした。

街の路地裏で、希がぼーっと立ち尽くしていたこと。

道を聞こうと思って話しかけたが、まったく会話にならなかったこと。

そして、しばらくすると、妙な男が近づいてきて、希を連れ去ろうとしたこと——

「って、ちょっと待って！　なんだそれ？　妙な男が連れ去ろうとした⁉」

「うん。いきなり希ちゃんの手を摑《つか》んで、引っ張っていこうとしたの」

そこで希は抵抗したらしい。

妙だな、と察知した乙女姉さんが「知り合い？」と尋ねたが、希は首を横に振った。

「それで、助けた訳ですな。窮地《きゅうち》に陥《おちい》っていた彼女を」

渋く唸《うな》るような声で、大吾郎が発言した。

「そそ。そゆこと。でもほんとビックリしたー。ね、ビックリしたよねー希ちゃんっ？」

「……した」

ビックリなんて1ミクロンもしてなさそうな口調だった。

「それでまあ、一緒に電車に乗り込んだの。いろいろ話をしてたら、身寄りもないし家もないっていうから、なんだか昔のこと思い出しちゃって、ウチにおいで〜って話になったと」

ぽん、と手を打って話のまとめに入ろうとする乙女姉さんを、意外にも家康が制した。

「いやいや、乙女師匠。いくらなんでもマトメに入るのは早すぎますって」

「そっかな〜、それ以上に語ることってあんましないよ？」

話してたらといってもこの無口ぶりならイエス・ノーのみだろうし、事実、それだけで連れてきたのだろう。ま、そういう人だよ、乙女姉さんって。

「まあ、巧にはいろいろと聞きづらいこともあるでしょうから、ここは敢《あ》えてオレが聞いちゃおうかと思うのですがね。ずばり出身は？　家族は？　どこに住んでたの？　アニメ好き？」

矢継《やつ》ぎ早《ばや》に飛び出す家康からの質問。一部ごく個人的な質問が混じっているようだが。

「…………」

しかし希は答えない。

ボーっと、家康の顔を見つめているだけだ。

「んん？　現在オレに向けてテレパシーを発信中？　んー……なるほど、そうか。だが残念ながらオレは姉属性だ」

なんの話だ。

「ま、冗談はこのくらいにして……せめて、どこで暮らしてたのかくらい、教えてくんない？」

「…………………」

家康の質問には、またしても無言。

言いたくない、ということなのか。

「菊池、その辺でやめておけ」

「そうそう。言いたくないことを無理に聞こうとしなくても、いいじゃない。ねっ？」

大吾郎と乙女姉さんが、家康を諫《いさ》めようとする。

「ふむう……」

クイッと眼鏡のズレを直しつつ、家康は引き下がった。

これ以上は無駄だと悟ったらしい。

ほんの少し、気まずい沈黙が流れる。

カチカチと時を刻む柱時計の音が、やけに耳についた。

「……迷惑なら」

ふと、希が口を開いた。ギリギリ聞き取れるか聞き取れないかの小さな声。

「迷惑なら、出ていく」

立ち上がり、出ていこうとする希――

「待って」

その袖を摑んで、文乃が引き止めた。

「あなたが出ていこうがここに居座ろうが別にどうだっていい」

文乃は真っ直ぐに希を見据《みす》える。

「けど、こんな時間に外をうろつかれたら、余計迷惑だわ」

「…………………」

見つめあう文乃と希。そしてすぐ文乃が視線をついっと逸らす。

「そ、そうそう！　文乃ちゃん、ぐっじょぶ！　その通りっ！」

とててて、と乙女姉さんが希の側に駆け寄った。

そして抱擁《ほうよう》。

がっちり抱きついて、にぱぁ～っと笑顔を浮かべる。

「誰だって、言いたくないことはあるし、忘れたいことだってあるもの。もちろん私にもあるわ。だからもう、このお話はおしまいっ。ねっ？　そうしましょ？」

乙女姉さんが、優しさいっぱいの笑顔を浮かべる。

希が、そんな姉さんの顔を、じっと見上げていた。

「了解。乙女師匠がそう言うのなら」

家康が、肩を竦《すく》めて苦笑を漏らした。

こうして、ひとまず希に対する詮索《せんさく》は中断されることになった。

いずれ時が経てば、自《みず》ら話してくれることもあるかもしれない。

……この時、俺はそんなことを考えていた。

どこかで犬が鳴いていた。

一匹の鳴き声が、さらに他の犬の鳴き声を呼んでいる。

まるで「俺はここにいるぞ」と主張しているかのような、そんな遠吠《とおぼ》えだ。

薄ぼんやりと光る街灯の下、俺たち——家康、大吾郎の三人は、ゆっくりと歩いていた。

帰宅する二人を途中まで送るために同行しているのだが、もちろん身を案じてついてきたわけじゃない。そこらの強盗では大吾郎を相手に手も足も出せないだろうし、家康なんぞは襲うだけ損をする。

こうして一緒に歩いているのは、話があるからだったのだけど、ストレイキャッツを出てからというもの、なぜか誰も口を開かない。

こんな時、真っ先にしゃべりだすのは、決まって家康なんだが——

「……なあ。どう思う？　ってか、どう思った？」

沈黙を破ったのは、やっぱり家康だった。

「いかにもワケアリっぽい匂《にお》いがしたんだけど……実際のトコ、どうなんだろうなー」

「詮索はやめようという話になったはずだ。男に二言はない」

大吾郎の厳しい一言。

「……いや、家康はわかってるんだよ。さっきも分かってて、あんなことを聞いたんだよな。そうだろ？」

巧には聞きづらいだろうから、と言っていた。

それでもあえて、家康は突っ込んだのだ。

「んー、まあ、あの場なら『家康って、空気読めないよね』的な流れで許されそうだったし。もし万が一、あの子がすんげー面倒なことに絡《から》んでたら、こっちも対応考えなきゃならんし」

「詮索すべきではないと知っていながら、詮索したというのか？　今後のために？」

「そこまで上等なモンでもないけど。あれですよ。あえて地雷を踏みに行く男、それがオレ」

ずびしっ、と親指で自分を差す家康。ほんのちょっとかっこいい。

「なるほど……いや、さすが菊池だ。俺の及ぶところではなかったか……」

いやいや、それはさすがに尊敬しすぎ。

「ま、とにかく。しばらく一緒に暮らすことにはなるんだろ？　そのうち自分の方からポロっと昔のことを話したり、思い出話をしたり、そんなふうになるだろ」

石ころを蹴っ飛ばしながら、家康はそんなことを言った。

そうであってほしいと、俺も心から思う。

「まずコミュニケーションだな。ありゃーなんとも難しそうだ。だって会話のキャッチボールが成り立たないんだもんな。無口キャラにもほどがあるって」

とはいえ、昨日に比べると今日は、かなりしゃべってた方だが……。

「とりあえず明日、学校から帰ったらいろいろと話をしてみる。好物とか音楽とか、ああ、ケーキの話なんかもアリかもしれない」

と、俺が呟《つぶや》いたところで、ピタリと二人の歩みが止まった。

こちらを振り向いて、きょとん、とした顔で俺を見つめている。

あ、あれ？　なんかヘンなこと言ったか、俺？

「……都築、明日は休校日だぞ？　知らなかったのか？」

え？

「創立記念日じゃん。七月十日、納豆《なっとう》の日。理事長が気まぐれと思いつきで学校を創った日」

あ……。

ああああっ、そうかっ！　そうだった！

つまり、明日は丸一日、ストレイキャッツにいられるわけで……。

今度という今度は、乙女姉さんにきっちりケーキ作ってもらわなきゃ、店が潰れちまう。

サボって逃げ出さないように、俺がしっかり見張っておかなければ。

そこんトコの話も、乙女姉さんとしなくちゃな……。

ふう、と溜息をつきながら、夜空を見上げる。

大きな月が、まるで俺たちを見下ろしているかのように、ぽっかりと浮かんでいた。


翌朝、俺の部屋で鳴ったのは、目覚まし時計ではなく携帯電話だった。

布団《ふとん》の中から手を伸ばして、着信のディスプレイを確認。

菊池家康、と表示された文字の横には、時刻を表す5：00AMという数字が……

「んああ？」

半分寝ぼけた頭を、ボリボリ掻《か》きつつ電話に出る。

あと三十分は、寝ていられるはずだったのに。

「……もしもし？」

『言っとくけど、オレはヤダって言ったんだぞ。なぜ朝っぱらから電話せにゃならんのだと』

「家康か？　家康……だよな？　お前、いま何時だと思って――」

『五時だ！　しかしオレが叩き起こされたのは、四時だッ!!　誰に叩き起こされたって!?　決まってる。朝の稽古をしていたら、ふと都築たちのことが気になったのだ。これから一緒につの手伝いに行こうと思うのだが同行してくれないか、なあに都築なら早朝から洋菓子の仕込みで起きているから心配はない、任せておけ。とか言いだして、オレが起きてるかどーかは考慮の対象外だったアホですよ！　ヒントは、ふんどし！』

きーん、と鼓膜《こまく》が痛くなるほど大声で一気にまくし立てられる。

おかげで目が覚めた。

「……大吾郎か」

『おお、そいつだ。そのバカだ。ちなみにそいつは今、公園で太極拳《たいきょくけん》やってた婆さんと意気投合して一緒に遊んでるときた』

「お、おい……別に無理しなくても」

『もう手遅れ。だってオレだけ先に店についちゃったもん。いまねー、店の前』

慌《あわ》てて飛び起きる。

カーテンを開けて、窓の外を覗いてみると――
『やっほー』
仏頂面《ぶっちょうづら》の家康が、嫌そうに手を振っていた。
「……すぐ、そっちに行く」
『そうして。それからオレを抱きしめて。出来るだけ優しく』
くすすん、と家康の鼻をすする音が聞こえた。

店舗スペースを除いた都築家の間取りは、３ＬＤＫ。
築四〇年になろうという古い家で、過去に何度かリフォームを行っている。
リビングを経由しなければ、どの個室にも行けない構造になっており――
部屋を出る時、入る時、必ずリビングを通らなくてはならない。
「…………………」
そっと、忍び足でリビングを通過。
ソファーではタオルケットに身を包んだ希が、すぅすぅと寝息を立てている。
ゆっくり、ゆっくりと歩く俺の足元に、気配に気づいた猫たちが擦り寄ってきた。
「しーっ……」
なんかくれ、エサくれ、と擦りつくことでアピールしてくる、数匹の猫たち。
しかし今は勘弁してくれ。後でちゃんと食わせてやるから。

心の中で言い訳をしつつ猫どもの首根っこを摘《つま》んで引っぺがすと、希がいるリビングへと足音を忍ばせて近づいていった。

何も、こんなリビングで寝なくても——と思う。

個室なら一部屋空《あ》いているのだ。

しかし希は「ここでいい」の一点張り。

結局、リビングで寝ることを受け入れた俺と乙女姉さんだったのだが……。

移動のたびにリビングを経由するため、深夜と早朝には必要以上に気を遣《つか》う。

俺の顔を見て、メシだとでも思ったのか「にゃあう」と猫たちが鳴いた。

「しーっ……起きちゃうだろ、静かにしてろ」

と、小声で呟いた、その時。

「……起きてる」

毛布に包《くる》まっていた希の両瞼《りょうまぶた》が、ぱちりと開いた。

「っ!? う……悪い、起こしちゃったか？」

「別に」

視線だけをこちらに向ける希に、語りかける言葉が見つからない。

「……あー、ええと。気にせず寝てくれ。まだ朝の五時半前だ」

ちらと柱時計を見た。時刻は午前五時二十分。

「にゃ」と小さく鳴いた猫たちが、いつまで経ってもエサをくれない俺に愛想《あいそ》を尽かしたのか、今度は希の方へと駆け寄っていき——ぴょこんっ、と横になっている希の身体へ飛び乗った。

それを見た別の一匹が、同じように希の身体へ飛び乗る。

さらにもう一匹、今度は希の顔の上に。

「……重い」

しばらく無言で耐えていたが、さすがに苦しくなったのか希はむくりと上半身だけ起こす。

顔面を不法占拠していた猫がコロコロと転がって、希の膝の上に仰向けのまま着地した。

「すまん、どかせようか？」

「いい、このままで」

希の手が、膝の上で無防備に寝転がるブチ猫の真っ白なお腹《なか》をそっとくすぐる。

最初は転がされた不満をこれでもかと主張していたきゃつめも、希の巧みな愛撫《あいぶ》の前にはあらがう術《すべ》もなく、ものの十秒としないうちに気持ちよさげに喉《のど》を鳴らしはじめた。

むぅ、なかなかのテクニシャン。

目を細めて、飛び乗った猫たちを見つめる希の横顔は、まるで子《こ》煩悩《ぼんのう》な親猫のようだ。

「猫、好きなのか？」

思わず問いかけた。

「ふつう」

なんともつかみどころのない答えが返ってきた。

それは嫌いでもなければ好きでもないという意味なのか。

「でも、この子たちは可愛《かわい》い」

「そっか、じゃあ少し相手してやってくれ。他にまだ何匹もいるんだが、たぶん乙女姉さんの部屋でグースカ寝てると思う。……乙女姉さん自身も」

「……ん」

こくん、と頷いた。


ストレイキャッツのドアを開けると、家康以外に、ほんの少し予想外の人物もいた。

「文乃……？」

「うっさい。黙れ。早く中に入れなさい」

朝っぱらからなんともまあ不機嫌なことでしょうか。

さっきのブチ猫のように、喉の辺りを撫《な》でてやったら機嫌が直ったりしないだろうか。

……逆にぶっ飛ばされるだけだな。

「ていうか、なんでこんな朝っぱらに？」

「朝の散歩してたんだとさ。そしたら〝たまたま〟店の前を通りかかった、そこにオレが立ってたから不審に思ったんだってよ」

へ、へーえ、そうですか。

「なんなの、何を始めるつもりなのよ」

訝《いぶか》しがるような眼差しで、文乃が俺と家康を交互に見つめた。

いや別に、特に珍しいことをしようというわけじゃないんだが。

「大吾郎は？　まだ来ないのか？」

「来ないね。もうアイツの存在は忘れてしまおうかと思う」

ま、そのうち来るだろう。

「別に何か目新しいことを始める予定はないんだが、まあ入ってくれ」

店の中へと二人を誘う。一応、目覚ましにコーヒーくらいは淹れてやるか……。

そのくらいの感謝を示しても文句は言われないだろう。この照れ屋どもめ。


ほどなくして、大吾郎《だいごろう》もストレイキャッツへとやってきた。

額《ひたい》にキラキラと光る爽《さわ》やかな汗を滲《にじ》ませて「うむ、有意義なひと時を過ごした」と満足そうな笑顔を浮かべている暑苦しい大吾郎の姿に、若干《じゃっかん》、胸焼けがした。

こっちは家康《いえやす》に叩き起こされて、寝不足で瞼《まぶた》が重いというのに。

「それで、例の娘はどうした？」

「例の娘って、希《のぞみ》のことか？　リビングで猫の相手をしてくれてる。言っておこう、ヤツはかなりの手練《てだ》れだ」

「なん……だと……!?」

わざとらしく驚愕《きょうがく》してくれる家康。友達っていいものだ。

もうしばらくしたら、希が相手もしてくれるだろう。

今のうちに、俺はケーキ作りの下準備をしておかねばならない。

「なんかもう、じゅうぶん様子を見たので家に帰っていいですか」

そっと挙手をする家康。いや、もちろん俺は別に構わないんだが――

「何を言う、ここまで来たら手伝っていくのが人情というものだろう」

「ちょ、接近すんなっ、暑苦しいっ！　セリフも暑苦しいっ！」

どうでもいいが、静かにしてほしい。まだ乙女姉さんは寝てるんだから。

この程度じゃ起きたりなんかしないだろうけどな。

「言っとくけど、手伝わないからね」

じーっと俺の顔を見て、文乃《ふみの》が言った。

「そうか、じゃあ卵を持ってきてくれ。冷蔵庫にまだ一箱あるはずだから」

「手伝わないって言ってるのに」

と言いつつも、渋々と冷蔵庫に向かう文乃。その背中に合掌《がっしょう》する。

「なんか、ケーキ作るのを手伝いにくるのは、ずいぶん久しぶりのような気がする」

「そうだな、前回に来たのは正月だっけ？」

「いんや、もっと前。確か去年のクリスマスだ」

あー、そうだそうだ。

去年のクリスマスに、人手が足りないからと家康&大吾郎に助っ人を頼んだっけ。

久々の参戦ということになるのだが、果たして手順を覚えているかどうか……不安だ。

「まずスポンジケーキを焼いておいて、いつでも生クリームとかで仕上げられるようにしとくから。手伝ってくれ」

宣言しつつ、家康と大吾郎にストレイキャッツのエプロンを手渡した、ついでに手の洗浄と消毒もやってもらう。作業前の常識だ。

さて、スポンジケーキというのは、今更説明の必要もないとは思うが、ケーキの土台だ。

基本的な材料は、卵、砂糖、小麦粉の三つ。

そこに、バニラエッセンスを少々と、溶かしバターも使う。

中でも重要なのが卵。こいつの混ぜ方一つで、まったく別物に仕上がってしまう。

「卵の混ぜ方は前にも教えたよな？　卵黄と卵白を分けるやり方と、一緒に混ぜてしまうやり方の二種類あるんだが……うちは後者、一緒に混ぜる方法でスポンジを作ってる」

そうやって出来た生地のことをフランス語では「ジェノワーズ生地」と呼ぶらしい。

全卵と砂糖を湯せんしてリボン状に跡が残るまで泡立てるのが重要だ。

「というわけで、この作業を大吾郎に手伝ってもらいたい」

「む、承知した。力の限り混ぜてみよう」

いやいやいやいや、ハンドミキサーを使ってくれ、普通に。

後は、ケーキ型にクッキングシートを敷いておこう……。

「おっと、オレに仕事を押しつけようとしてるな？　知らんぞ？」

いやいや、これは結構、単純な作業だから大丈夫だろう。

と、家康に型を渡そうとした、その時。

「おっはよ〜ぉ♪」

ひょいっと、乙女姉さんが顔を見せた。

なんて珍しい。こんな早朝に乙女姉さんが起きてくるなんて。

「…………」

乙女姉さんの背中から、ぴょこんと希まで顔を覗《のぞ》かせる。

「ありゃ〜？　なんだか今朝は賑《にぎ》やかだね〜。クリスマスの時みたい」

嬉しそうに手を叩いて、乙女姉さんは喜んだ。……本来なら乙女姉さんの仕事なんだが。

「……何をやってるの？」

興味深そうに、希が俺たちの手元に視線を向けている。

「ケーキ作ってるの。もっと詳しく言うと、ケーキの土台になるスポンジ生地を作ってるの。フワフワでフカフカのね」

「興味があるなら、一緒にやってみるか？　乙女姉さんもいるし、ちゃんとしたケーキの作り方を最後まで教えてくれるぞ」

ダメ元で誘ってみた。あっさり断られそうではあったが。

「……ん」

意外にも希は頷いて、厨房《ちゅうぼう》へと近づいてきた。

「いいの？　まったくの素人《しろうと》よ、彼女」

不安そうな眼差しで、文乃が希を見つめている。

素人ってくくりなら俺もそうだし、乙女姉さん以外の、この場にいる全員がそうだ。

要は、客に出せるものを作れるかどうか……そこに全《すべ》てが集約されているわけで。

「じゃあ、私はスポンジが焼けるまで、ここでぼんやりしてる～ぅ」

驚きの無責任発言をかまして、乙女姉さんは壁に頭を預け、くーすかと寝息を立て始めた。

……ま、いいや。いつものことだ。

「そんじゃ希、こっちでもメレンゲを作ろう。文乃も一緒に」

「な、なんで私が……」

「そう言わずに、さあこれを持ちたまえ」

すかさず家康がハンドミキサーを手渡す。

「……おお、やはり文乃くんにはドリル的な凶器がよく似合う。まさに鬼に金棒、ジェイソンにチェーンソー、クロコダインに斧《おの》」

「脳みそかき混ぜるわよ」

半ば強引にメレンゲ製作班へと文乃を引きずり込み、希を交えて三人がかりで作業を始める。

そんな俺たちを、乙女姉さんは眠ったフリをして薄目を開けながら、優しく見守っていた。

――バレてるっつうの、そんな下手なタヌキ寝入りは。

一六〇度から、一七〇度のオーブンで焼くこと約三十分。

俺にしては珍しく、立派なスポンジケーキが焼きあがった。

……実は、これまでに何度も失敗を重ねている。つい先日もそうだった。

スポンジが硬すぎたり、表面を焼き過ぎたり……。

しかし今日のスポンジケーキは上出来だ。

「……これで完成？」

満月のような丸いスポンジケーキを見つめ、希が首を傾《かし》げる。

当然、こんなのは序盤中の序盤だ。

「はい先生、もうなんか、コレで売っちゃえばいいんじゃね？　飾り気のない素直なケーキです、とか、自然に優しいケーキです、みたいなそれっぽい売り文句つけてさ」

面倒になってきたのか、次第に家康が手抜き発言を乱発し始めた。

一方の大吾郎は、先ほどからフルーツを切る作業に従事している。

「細胞を壊すことなく剃刀《かみそり》のような切れ味で一刀両断する。……料理の極意だ」

とか言いながら、一個の苺《いちご》を切るのに五分以上かけていた。

その間に、文乃と俺で必要な材料は揃《そろ》え、いよいよケーキ飾りが始まる。

作るのはもちろん、

「あはははは、私だよねーやっぱり。ちぇー」

ちぇー、って。あんたこの店のオーナーだろ。

「それじゃ、定番中の定番、ストロベリー・オン・ザ・ショートケーキを作ろっか」

いわゆる一般的なショートケーキだ。

簡単に見えるが、実はそこそこ難しい。

最初の難関は美しくスポンジ生地を切ることと、クリームを均等に塗ること。

しかしこの程度は経験を積めば大抵の人ができるようになる。

だが、店で販売する品物なのだから、ただキレイに整っているだけではダメだ。

ケーキとはまず目で楽しみ、次に舌で味わうもの。

デコレーションは、最も技術が問われる工程であり、クリームを塗るパレットナイフの使い方こそ、パティシエールとしての腕の見せどころだ。

白い衛生帽子をかぶり、エプロンを身にまとった乙女姉さんは、それでも一人前のパティシエールに見える。俺が一番好きな、姉さんの姿だ。

乙女姉さんは、よっと腕をまくってスポンジケーキの前に立った。

「希ちゃんも見ててね、かっこよく、美味《おい》しいケーキに仕上げるから」

シロップを打ち、フルーツを乗せ、重ねて下ごしらえを行う乙女姉さん。

「……姉さん、切り口がギザギザなんだけど」

「あ、あれ？　ちょっとミスった？」

ちょっとではないような気がするんだが。

希以外の全員が、息を呑《の》んで見守っている。

何を隠そう――というか、これまで散々言ってきたことだが、乙女姉さんの腕前は微妙……。

いや、むしろダメダメなのだ。一人前なのは格好だけ。

「だいじょーぶだいじょーぶ。クリームはばっちりだから♪」

と、自信たっぷりに、乙女姉さんは回転台座の上へとスポンジ生地を載せた。

まるでロクロを回す陶芸家《とうげいか》のように、クリームを塗り始める。

と――

「とっ、とととととっ、おおおおおぅ⁉」

パレットナイフが生地に当たって、見る見るうちにスポンジを台無しにしてゆく。

希以外の全員が「あちゃあ」と目を覆《おお》い、溜息を漏らした。

これもまた、たいして珍しいことではないので、大騒ぎになったりはしない。

……よく、この店が続いてるもんだと、俺も不思議な気分だ。

「い、今のは悪い見本です！」

なんてベタなごまかし方だろう。姉さん、恥の上塗《うわぬ》りは勘弁してくれ……。

「プ、プロでも失敗するんだから、何事も恐れず挑戦する心が大事よ～」

と、乙女姉さんがパレットナイフを希に手渡す。

ちょっと待て、いきなり希にやらせるつもりなのか⁉

いくらなんでも、それは無茶だ。

せめて数回、経験のある文乃あたりに任せたほうが――

「やってみる」

ぎゅっとパレットナイフの柄《え》を握り、希が一歩前に踏み出た。

確かにまだ、スポンジ生地は用意してあるけど……。

「幸谷《こうや》、これ食べなさいよ」

先ほどの、乙女姉さんの失敗作を大吾郎の前に差し出す文乃。

「ぬ……朝から洋菓子を腹に入れるのは、少し胃に重たいような気が」

「好き嫌いは日本男児にあるまじき行為じゃないの？」

柔らかな拒絶オーラを発する大吾郎だが、文乃の前では全くの無駄だ。

まるで家康のような論法で丸め込まれ、大吾郎は渋々とケーキを口に入れた。

「むう。頭が溶けそうなほど甘ったるい」

そうだろうな。乙女姉さんがシロップを山ほどぶっかけてたから。

クリームを塗る前に、ああ失敗作だなってことは分かってたんだが。

さて。

一方では、希が乙女姉さんの指導に従って、ケーキ作りを始めようとしていた。

「肩の力は抜いてね。うすーく塗る程度だな～と思いながらやってみて」

「……了解」

そして回転台座が回り始めた。

希の操るパレットナイフが、ゆっくりとクリームを塗り始める。

「おおっと、もう少し優しい感じで～」

「……こう？」

スポンジの周りに、薄いクリームがしっかりと塗られてゆく。

その手際《てぎわ》の良さに、思わず全員から感嘆の声が漏れた。

乙女姉さんよりもずっと上手《じょうず》じゃないか……希。

「すごいすごいっ！　希ちゃんすごいっ！　お見事っ！」

姉さん、あんたが喜んじゃいけないんだって、本当は……。

「これでいいの？」

希が俺の方を向いて、尋ねてくる。

「ああ、上出来だと思う。乙女姉さんでも、こう上手《うま》く塗れたことは過去に何度あったか……思い出せないくらいだ」

「け、けっこうあったりするよ～？」

抗議の声を上げつつ、乙女姉さんは希に向かって惜しみない拍手を捧《ささ》げた。

「希ちゃんは、もしかしてストレイキャッツの救世主かもっ！　よっ、天才っ！」

プロとしての誇りはどうした、乙女姉さん。

溜息をつきながら、俺は頭を抱えた。

そこからというもの、希の腕前は、本当に凄《すご》かった。

クリーム塗りだけでなくデコレーションも試させたが、これも恐ろしいほど器用な腕前を披露し、俺たちを驚かせた。

乙女姉さんは、その素晴らしい才能にすっかり魅せられてしまったらしい。

「希ちゃんを住み込みの雇いパティシエールにしちゃう！」

——と、希を抱き締めながら宣言するまでに至った。

そんな中、文乃は少しだけ寂しそうに、注目を浴びる希を見つめていた。

「……まあ、そう落ち込むな。俺たちは平凡ってことで」

「落ち込んでないわよっ！　勝手に決めんなっ、バカ巧っ！」

とは言いつつも、ガックリと肩を落として去ってゆく文乃の姿に、俺は思わず同情した。

しかし俺も……まさか希に腕前で劣《おと》るとはなー。

長年、乙女姉さんを手伝ってきたんだが……。

乙女姉さんは、大喜びで希が作ったケーキを眺め回している。

家康も大吾郎も、素直に感心していた。

そんな中で、希はいつもの無表情のまま少し首を傾げて、そしてほんのちょっとだけ、誇らしげに微笑《ほほえ》んだ……ように見えた。

文乃もまた、とても優しい顔で微笑んでいた。

俺がその顔を見ていることに気づいた瞬間、その笑顔は照れ怒りに変わってしまった。

……ちょっと残念だ。

第三章「洋菓子専門店の転機」

その日は、朝から状況が一変していた。

いつも通り、午前五時半起床。

足音を立てぬようにと、気を配りながら自室のドアを開けると――

「あれぇぇ？　ないっ、ないないっ！　おっかしいな～」

そこには、大爆睡魔《だいばくすいま》の乙女《おとめ》姉さんの姿が。

一瞬、やっとパティシエールとしての自覚にやっと目覚めてくれたか、と期待が湧《わ》く。

……が、そんなはずないよな、と即座に脳が否定した。

「朝っぱらから、なにやってんの？　乙女姉さん……」

「あっ、巧《たくみ》おはよ～、今日も可愛《かわい》いわよ～。ぎゅーしちゃえ、朝のぎゅううう！」

「んぷっ」

「……ってそんな場合じゃなかったーっ」

俺の頭をその豊満な胸に押しつけた後、先ほどからしていた行為に戻る。

ドタドタと駆け回り、リビング中のありとあらゆる引き出しをひっくり返し、何かを懸命《けんめい》に探そうとしている。いったい何を探しているのだろう。

当然、そんな騒ぎの中、グースカと眠れるはずもなく……希はソファーにちょこんと座って、膝元にわんさか集《つど》う猫たちの頭を、優しく撫でていた。

「判子《はんこ》よ判子、知らない？」

「知ってるよ。細長い、これっくらいの円柱状で……」

「違うのっ！　判子の形のことを聞いてるんじゃなくってぇ！」

乙女姉さんが、ぶんぶんと大袈裟《おおげさ》に首を振る。

分かってるよ、そのくらい。

「……で、どの判子？」

「えっとね～、借金の保証人になるときに使うほう」

「なるほど、実印ね……って、ちょっと待った！」

危うくスルーしそうになったが、もしや今この瞬間がストレイキャッツ存亡の危機なのではないだろうか。

今までにも似たようなことが何度も、本当に何度もあり、一度、乙女姉さんが店の権利を藁《わら》と交換しそうになったとき以来、判子やら権利書やらは、全て俺が管理している。

「念のため聞くけど、実印、なんに使うの？」

相変わらずタンスをひっくり返している乙女姉さんの背中に問いかけてみた。

「えっとね、お役所に提出する書類にいるんだってー」

どうやら、危ない類《たぐい》の用途ではなさそうだ。

「はうー、どこにしまっちゃったのかなぁ」

「しょうがないな、ちょっと待ってて」

俺は一度店のスペースへ行くと、事務机の引き出しにしまってある小さな金庫を開けて、実印を取り出した。

「はい、使い終わったら、ちゃんと返してよ」

「おおおお！　それは盲点っ！　巧、ありがと～！」

どだだだだっ、と乙女姉さんが猛ダッシュで店の方に消えてゆく。

ったく、ホントに騒がしいな、今朝の姉さんは……。

でも、役所に提出する書類って、なんなんだ？

「……おはよう」

「え？　あ、お、おう。おはよーさん」

いきなり声をかけられて、思わずしどろもどろに返事をしてしまった。

まさか希の方から言葉を投げかけてくるとは。

「姉さんが起こしたんだろ。悪いな。なんか今朝はドタバタしてるみたいで」

「平気」

別になんでもない、といった顔で、希がテレビのリモコンを手に取った。

ぷつん、と電源の入った音に続いて、次第にテレビの音量が大きくなる。

始まったばかりの、朝のニュースらしい。

「……台風が来てる」

「台風？　マジで？」

視線をテレビへと振り向けた。

日本列島の地図上に、大きな渦巻きが近づいていた。

『……海上で発生した大型の強い台風8号は、11日現在、和歌山県の潮岬《しおのみさき》の南西約60㎞にあり、東北東へ毎時15㎞の速さで進んでいます。中心気圧は980ヘクトパスカル……』

ぐぐっ、と大きく右にカーブするような進路で、関東方面に向かってきているようだ。

下手すると、直撃するかもしれないな……。

「上陸前に熱帯低気圧に変わる。おそらく大雨洪水警報が出される。……まだ先の話」

ぼそり、と希《のぞみ》が呟く。

「へえ、希って天気とか詳しいのか？」

「別に」

表情を消して、希が首を横に振った。

ケーキ作りの天才だったり、気象情報に詳しかったり、謎《なぞ》の多い奴《やつ》だ。

感心していると、店の方から乙女姉さんの勝ちどきが聞こえてきた。

「書類完成っ！　我は勝利せり！」

「はいはい、そりゃ良かったねー」

だから早朝五時半なんだってば。なんだよそのスーパーハイテンションは。

生返事をするだけして、希と一緒にテレビを見ていると、乙女姉さんがドアから首だけ居間に突きだして、こう言った。

「書類の用意が出来たから、ちょっと出かけてくるね」

「は⁉　出かけるって、どこに⁉　こんな朝っぱらに⁉」

「うん。ちょっと東京まで。お昼頃には戻ってこれると思うけど」

「東京って……何しに？」

うちの町から東京までは、電車を二回乗り継いで……約二時間くらいかかるだろうか。

確かに始発は出てる時間帯だけど、それにしても、なぜ？

「あ、そーだ。希ちゃん頼みごとしちゃってもいーい？」

ぴょこんっ、と乙女姉さんが希の側に飛び寄った。

そのまま背後から、ぎゅっと希を抱きしめる。

って、俺の質問はスルーかよ。

「……なに？」

「あのね、またケーキ作りをお願いしてもいいかなっ？」

「わたしが、作るの？」

「いぐざくとりー。昨日、教えた通りにやってみてほしいの。ダメかなあ？」

両手を合わせたまま、希の顔を覗き込む乙女姉さん。

いやいやいや、姉さん、さすがにそれはちょっと。

昨日の希の腕前は俺も見て知ってるけど、本職のパティシエールがそんなことでいいのか。

プロとしての誇りはっ？　三代目の意地はっ⁉

「ん」

こくん、と希が頷《うなず》く。こっちもこっちで、あっさり引き受けるし。

「ありがと～♪」

嬉《うれ》しそうに何度も希に頰《ほお》ずりをして、ご満悦《まんえつ》の乙女姉さん……。

その光景をジト目で見つめる俺だが、ここで何を言ってもきっと無駄なのだろう。

「巧、希ちゃんのお手伝い、よろしくねっ」

むっ、俺の方がお手伝いかよ、と反論しかけたけれど、よく考えればまったくその通りだ。

「……八時になったら学校に行くんだけど、それまでなら」

「おっけーおっけー」

ちっとも「おっけー」ではないような気がする。

仮にケーキが出来たとして、誰がどうやって店で売るんだよ。それも希がやるのか？

さすがにそれは、希に押しつけすぎだろう。

「販売のことなら心配ないわ。今日一日はセルフサービスにして、箱を置いて、そこにお金を入れてもらうシステムにするから。ねえ、画期的？　画期的？」

姉さん……知ってるか？　それって良心市《いち》っていうんだぜ？

日本中どこのパティスリーを探しても、そこまで手抜きな商売してる店はないと思うぞ。

「忙しくなってきた〰〰〰〰〰〰〰〰〰っ」

そんじゃまたね、とバッグを引っつかんで、乙女姉さんは出ていってしまった。

残されたのは俺と希と十五匹の猫たち。

……どうしろってんだ、いったい。

溜息は止まらなかったけれど、それで店の赤字が埋まるわけでもない。

「……朝メシ食べたら、ケーキ作ろうか」

「うん」

希が、はっきりと頷いた。


その日の昼休みのことだ。

「じゃあ、今日のケーキは全部あの子が作ったの？」

黒板消しを手に、今にもそれで俺をぶん殴りそうな体勢で、文乃が驚きの声を上げた。

「ショートケーキとガトーショコラ、ブッシュドノエルの三種類……全部ちゃんと作ってショーケースに陳列した。ぶっちゃけた話、乙女姉さんのケーキよりずっと美味《うま》い」

希が三種類のケーキを作ったのは、その三種類しか作り方を教えていないからだ。

「ふぅん、ブッシュドノエルねえ……」

ブッシュドノエルというのは、薪《たきぎ》を模したケーキのことだ。その上にマジパンという食べられる素材で作った小さな小屋と、人形の飾りが乗っかっているヤツだ。

「……確か、それってクリスマス専用みたいなケーキじゃなかった？」

文乃がもっともなことを言う。

「そーなんだけど。俺、実はその三つしか作り方覚えてなかったんだよね」

そうなのだ。基本的に下働きしかしない俺は、クリスマスに文乃たちが手伝いに来てくれた時に一緒に作ったブッシュドノエルくらいしか作ったことがなかったのだ。

しかも子供の頃、サンタの存在を知らず、クリスマスは教会で賛美歌を歌ってカードを書くイベントだと信じていたためにさんざんいじめられた黒い思い出まで蘇《よみがえ》ってくる。

「フッ……サンタは飾ったがクリスマスは関係ない。アレはただのケーキだ」

「あんたがそう思っても、お客がそう思わなきゃ意味ないでしょ？」

そーですね。落ち込んでいる俺に、文乃が仕方なさそうに声をかけた。

「ねえ。そのブッシュドノエル、味は大丈夫なんでしょ？」

「お、おう。それは俺が保証するぞ」

文乃が、髪をくるくると指先でいじりながら、少し考える素振りを見せて、

「飾り付けを変えでもしなきゃ、絶対に売れないわね、そんなの」

「そうか！　飾り付けを変えれば、普通に売れるってことだな!?」

見たかサンタクロース。クリスマスなんかくそくらえだぜ。

帰ったら、早速希に代わりの飾り付けを作ってもらおう。希なら、少し教えればどんな飾り

付けだって、どんなケーキだって見事に仕上げるに違いない。

と、そこまで考えて、ふと思う。

つまり、教えれば教えただけ、希はケーキを作れてしまう——のだろうか？

実はどこかの有名パティシエの一人娘だったとか、そんなオチじゃないだろうな。

「信じられないけど……でも昨日、この目で見ちゃったし……」

気持ちはわかる。俺だって信じられない気分だった。

「まあまあ、話を元に戻そうじゃないか。何の話だっけ？　触って柔らかいオッパイつきフィギュアが出たというビッグなニュースに今頃浮かれてるって話か。だったら時代遅れも甚《はなは》だしいな。既に常識ですよ？」

話題を自分の領域へと持っていこうとする家康を、文乃が一蹴《いっしゅう》した。

「そのまま歯《し》槽膿漏《そうのうろう》で死んだら？」

また、難しい死に様だな。

そこに、大吾郎もやってくる。

「何の話だ？」

「今朝の話をしてたんだよ。希が、またケーキを作ったんだ」

俺は説明した。

今朝、乙女姉さんが一人で起床していたこと。

希にケーキ作りを押しつけて、どこかに行ってしまったこと。

なぜか現在、ストレイキャッツは良心市状態になってしまっていること――等々。

「なんかアレね。お前んちって平穏だったことが一度たりともないよね」

ぐさっ。

い、言われてみれば……確かに。

「まあいいや。昼飯をどうするか聞きに来たんだが、その様子だと余計なお世話だったらしいな。悪かった」

え？　いや、昼飯は食うけど……。

家康が、大吾郎の言葉を継ぐ。

「芹沢《せりざわ》と一緒に食うんだろ？　あーんして、とかそんな感じで。二人で死ねばいいのに」

「死ねばいいのはそっちだああああああああッ！」

どげしっ、と文乃の蹴りが家康を吹き飛ばした。

自業自得《じごうじとく》以外のなにものでもない。文乃、ご苦労。

「……あれ？」

ふと、文乃が目を瞬かせる。廊下《ろうか》に面した教室の窓を、じーっと見入っている。

「どうした？」

「さっき、廊下を……乙女さんが歩いてたような」

はい？

「見間違いかな。でも、あの横顔は確かに……」

「いや、見間違いではない」

大吾郎が断言する。

「昼飯のことばかり考えていてすっかり忘れていたが、そうだった。なぜ乙女さんがここにいるのか、都築に聞こうと思ってたんだ」

何でそんな大事なことを忘れて、昼飯のことだけ覚えてるんだよ！

「見間違いじゃないって、どういうこと？」

俺の代わりに、文乃が問い返した。

「うむ。確かに先ほど、乙女さんが廊下を歩いていた。職員室の前で教頭と話をしている」

乙女姉さんが……教頭と話を？

まさか、俺の成績について？

いや、それはない。上出来とまでは言わないが、そう悪い成績ではないはずだ。

じゃあなぜ、乙女姉さんが学校に？

イヤな予感がする。

「ちょっと、様子見てくるっ」

立ち上がって、そのまま走り出す。

「あ……巧！　待ちなさいってば！」

文乃の声を背中で聞きながら、俺は廊下へと飛び出した。

廊下を駆け抜け、階段を駆け下り、そして職員室のドア前——

優勝旗やトロフィーが飾られている陳列棚《ガラス》の前に、乙女姉さんの姿はあった。

もう一人、恰幅《かっぷく》のいい坊主頭の男が側に立っている。うちの学園の教頭だ。

「都築さんねえ、いくらなんでも、そういうのはちょっと……」

「そこを曲げてお願いしたいんです。ほんと、すっごくいい子なんですよ～？」

両手を合わせて拝むような形で、乙女姉さんが何かを懇願《こんがん》している。

……何を頼んでるんだ？

しかも、なぜ相手は教頭なんだろう？

「そりゃ私だってね、キミの頼みは聞いてあげたいよ。可愛い教え子が恩師を頼ってきたんだ。なんとかしてあげたいとは思うんだが、さすがにねえ」

ぴたっ、と廊下の壁にへばりついて聞き耳を立てる。

「写真ありますよ～っ、ほらほらっ、すっごく可愛いでしょー？」

ピラピラっと写真を見せつける乙女姉さん……って、ちょっと待て、その写真は！

「名前は、霧谷《きりや》希ちゃん。ほら名前も可愛いでしょ？　ねっねっ？」

希の写真じゃないか。

姉さん、いったい何を頼み込もうとしてるんだ――

「知りたい？　都築乙女が、あのタコヤキに何を頼んでるのか」

その声は、意外なところから聞こえた。

壁にへばりついた俺の懐《ふところ》の内側に、不敵に微笑む、梅《うめ》ノ森《もり》の姿があった。

「あのタコヤキ、あんたの姉さんの恩師だったって、知ってた？」

教頭をタコヤキ呼ばわりできるのは、学園広しといえども梅ノ森しかいない。

確かに、悲しいかな頭はタコヤキのようにツルっと丸まっているが……

本人曰《いわ》く「私は剃《そ》ってるんだッ！」とのことらしい。どうでもいいな。それはさておき。

「何か知ってるのか、梅ノ森？」

「お手」

梅ノ森は、まず忠誠を示せ、というように手を差し出す。

はいはい。俺は、ぽん、と彼女の手に自分の手を重ねる。

「なんかてきとーだな。もう少しイヤそうにとか、照れながらとか何かないの？」

「いいから、教えてくれよ。何か知ってるんだろ？」

「むーっ。まあいい。下僕《げぼく》に対して度量を示すのも主人の務め。あんたのところで飼ってる新しい迷い猫を、うちの学園に入学させたいって来てるのよ」

迷い猫？

猫屋敷と化しつつある我が家だが、さすがに高校に編入できそうなのは一匹だけだ。

希を……梅ノ森学園に入学させる？

初耳だった。

そんなこと、今朝は一言も言ってなかったのに。

いやそれ以前に、なぜ梅ノ森が希のことを知ってるんだ？

まだ、話したことはなかったはず、いや隠していたのに。

「なんで知ってるの？　って顔してるわね。なんでも知ってるわ。だってあたしは梅ノ森千世《ちせ》なんだから」

にひん、と笑って、梅ノ森はとことこと歩き出した。

乙女姉さんと教頭のもとに、ずんずんと足を踏み鳴らして。

「見てなさい。あんたの姉さんとやらを、失意のズンドコに落としてあげるわ」

お、おい、梅ノ森のやつ、何をする気だ？　以前から何故か梅ノ森は姉さんに絡むのだ。

俺は彼女のあとを慌《あわ》ててついていく。

「先生～、お願いしますぅ」

梅ノ森の接近に、乙女姉さんは気づかない。

しかし、教頭は気づいたようだ。

緊張したように姿勢を正し、梅ノ森に向かって一礼した。

「気づくのがおそーい！　減点マイナス１。お祖父《じい》様に言っとく」

「そ、そんな、またご冗談を」

引きつりながら、教頭が脂汗《あぶらあせ》を流し始める。

「冗談だと思うんだ？」

「冗談だったらいいなあ、と……」

「ふんっ、あたしのジョークのセンスを貶《おとし》める発言ね！　マイナス２！」

「そっ、そんなぁ！」

ようやく梅ノ森の存在に気づいた乙女姉さんが、黄色い声を上げた。

「千世ちゃん〜っ、千世ちゃん千世ちゃんっ、元気だった〜？」

むぎゅっ。

「わっぷ⁉　ちょ、こらっ、いきなりなにすんのっ⁉」

いきなりの抱擁《ほうよう》に、梅ノ森は、思わず手足をジタバタさせた。

「相変わらずかわい――っ！　ウチの巧の次くらいにかわいーわぁ♪」

「下僕の次？　ご主人様が下僕より下？　失敬な！」

「ごめんねー、そこはそれ。家族の絆《きずな》ってことで許してくれるかなー？　くれるよねー！　さすが千世ちゃん太っ腹〜〜〜っ♪」

「い、いいから、は、離せってば！　ああもうっ！」

まとわりつく乙女姉さんを、なんとか引き剝《ひ》《は》がすことに成功する梅ノ森。

ぜーはーぜーはー、とフルマラソンを終えた後のランナーのように疲れ切っている。

「ごめんねー、今ちょっと大事な話の最中だから、また後でゆっくりね」

ばいばい、と手を振る乙女姉さんに、梅ノ森はこめかみをピクつかせた。

「そうじゃなくてっ、その子！　霧谷希をうちに入れるのは難しいって言いに来たの！」

まるで勝利宣言のように、梅ノ森は言い放った。

「だから、無駄なことは諦《あきら》めて、さっさと家に……」

言いかけた梅ノ森の前に、乙女姉さんがちょこんと座った。

目線を同じ高さにして、よしよしと梅ノ森の頭を撫で始める。

「どうして〜？　なんでダメだってわかるの〜？」

子供を諭《さと》すような言い方に、ますます梅ノ森の血管はぶち切れた。

彼女は、何といってても子供扱いされるのが一番嫌いなのだ。

「理由は単純明快っ！」

梅ノ森は、胸を張って叫んだ。

「あたしが反対するからよ！」

勝ち誇った顔が全員から見下ろされている。身長の関係で。

ぐっと背伸びして顔を近づけて、梅ノ森が乙女姉さんに迫る。

全体に著《いちじる》しく迫力には欠けるし、非道《ひど》いことを言っているはずなのにほのぼのするが。

「だいたい、うちの学校はもともと編入なんて受け入れてないし、受験もなしに入学出来るわけないでしょ。来年の四月に改めて受験すれば？　中学卒業してたらだけど」

困ったような苦笑いを、乙女姉さんは浮かべてみせている。

どう聞いても梅ノ森の言葉は正論だ。

勝ち誇り率が次第に上がり、梅ノ森はどんどん調子に乗っていく。

「それに、うちの情報部の調査でも、その子の戸籍や通学記録すら見つけられなかったんだから。たぶん訳ありでしょ？　そういうのが由緒《ゆいしょ》正しいうちの学校に入れるとでも……」

俺は、思わずぺちん、と梅ノ森の頭に手を置いた。

「こら、梅ノ森。言い過ぎ」

「うっ」

梅ノ森が不満そうに俺を見上げる。自分でもまずい、とは気づいたらしい。よしよし。

「うーっ、下僕のくせに生意気ーっ!!」

ぶんぶんと両手を振り回す梅ノ森だが、俺が頭を押さえている限り安全だ。

だって手が届かないし。

俺は、全く別のことを考えていた。

戸籍がない……ということは、珍しいことではあるが、全くない話じゃない。

あの梅ノ森ことだ、あらゆる手段を使って希のことを調べたのだろう。つまり、希はただの身元不明ではなく、本当に戸籍がないのだ。

もう一つは、その存在を示す一切の記録がない……という点。

病院での診察記録、公的機関を利用した時の記録、その他諸々。

戸籍と合わせて、それらが一切存在しないというのは、さすがにおかしい。

「んー、確かに普通の高校なら無理だけど、この学園なら大丈夫じゃない？」

にこっ、と乙女姉さんが笑った。

「ま、まあ、な！　校訓は『友情』『努力』『勝利』。お祖父《じい》さまの口癖は『オラ、強くなりてぇ！』そして今週の標語は『ボールはトモダチ』だ！　我が学園に常識は通用しない！」

梅ノ森は自慢げに言った。しかし、読書傾向が判りやすい理事長だ。

「でも姉さん、さすがに梅ノ森の言うとおりだぜ。そりゃ無茶だよ。その状態じゃ身元引受人だって決められないだろ？」

俺は、ある事情でそういう親権や養育に関わる問題にはちょっとした知識があるのだ。

「警察にも行って、ちゃんとお願いもしてきたの。私が身元引受人になりますからって」

そんなの、聞き入れてもらえるはずが……

「いいよー、って。言ってもらっちゃった」

んなバカな⁉

「署長さん、うちのお父さんの古い知り合いだったし。市長さんも話せばわかってくれたし、問題ないと思うのよ〜」

出た、乙女姉さんの「お願い」だ。

この町に住むあらかたのおっさんやおばさんは、乙女姉さんの「お願い」に、なぜか抗《あらが》えない。いや抗うどころか、まるで孫娘におやつでもやるかの如《ごと》く自ら進んで協力し、どんな無理難題でも通そうとするのだ。

これも乙女姉さんの人柄と言えば聞こえもいいが、その「お願い」を駆使して例の人助けを始めとした無茶苦茶をやるものだから、こっちは気が休まらない。乙女姉さんを甘やかすのはやめてくれ、と心の底から思う。

「ああ、正式な書類とかはぜんぶ先送りなんだけど——」

ぽん、と乙女姉さんが梅ノ森の肩に手を置いた。

「今、なんとかしてあげたいの。巧みたいに普通に学校に行って、友達作ってね、毎日楽しくワイワイやってほしいの。だからココにも、お願いしに来たんだ～」

ことん、と胸の中に何かを置いていかれたような、そんな気がした。

それは不思議と温かく、そして少し照れくさい。

「あ、そうだ！　千世ちゃんがいいって言えば、いいんじゃないの～っ？」

「ん？　ああ、まあ、あたしがお祖父《じい》さまに頼めばおっけーかも」

「そっかそっか！　千世ちゃんにお願いすればいいんだ！　そうだよね？」

きらりん、と乙女姉さんの双眸《そうぼう》が輝いた。

「ちょ、待て、あたしは別に――」

「千世ちゃん千世ちゃん千世ちゃんっ、ねぇ～、一肌脱いで～♪」

すりすりすりすりすりすり。

乙女姉さんの頬擦り祭り with 梅ノ森が開催される。乙女姉さんの手に掛かれば、うちの猫も、あの梅ノ森も変わりがないらしい。

「は、離せこらっ、離しなさいってば！　タコヤキ！　なんとかして！」

教頭に助けを求める梅ノ森。

しかし教頭は、オロオロとするばかりで助けにならない。

「あぁーっ、もうっ！　都築ーっ！　ご主人様のピンチを救いなさいっ！」

なにもここで俺の名前を出さなくても。それとな、キミを抱きしめている人も都築だぞ。

「んー、なあ梅ノ森。なんとかならんかな、その件」

「んあ？　都築、お前、またこの偉大なる梅ノ森千世様に借りを増やすのか？」

梅ノ森の大きな目がきらりん、と輝いた。

彼女を巨大な胸に抱きかかえたまま、乙女姉さんも同じ目でこっちの方へ視線をくれる。

「巧からも千世ちゃんにお願いしてくれるの？」

「だって、ずっとあの子を家に閉じこめてるわけにはいかんでしょ」

巧のその言葉を待っていた、というように梅ノ森はニヤリ、と笑った。

「そうだなー。あたしは昨日からとっても素敵な計画を考えてる。だから偉大なる航路《グランドライン》に乗り出そうとする海賊船の船長のように仲間に対しては心が広くなっていたりするんだ。都築が私の計画に全面的に協力するなら……考えてあげないでもない」

……口ぶりからすると、すでにその海賊船には俺の座席は用意されてたらしい。

まあ、船底奴隷《どれい》でなくクルー扱いのようだから梅ノ森にしては上出来だ。

どうせここでいやだ、と言ったところでこれまでの借りを持ち出されるだけだろうし、どうやら、梅ノ森は希の件を何とかしてくれるつもりはあるらしい。

「わかったわかった。全面的な協力を約束するよ、ご主人様」

「Ｙｅｓ・Ｉ・ａｍ！　その返事が聞きたかったのよ！」

ちっちっち、と人差し指を振ると千世は胸元から紙を取り出した。

「タコヤキ、これ、理事長決裁書」

トラブルが解決したのが判ったらしく、タコヤキはほっとしたように受け取る。

「ありがとう～、千世ちゃん千世ちゃんっ大好きっ♪」

「にゅあああああっ!? だ、抱きしめるなぁーっ！」

巨乳に埋められた梅ノ森の断末魔《だんまつま》の叫びが、校舎中に響き渡るのだった。

よくやられるから判るが、あれは気持ちいいけど苦しい。それもかなり。

「都築～っ！　あんた、あたしの下僕でしょーが！　助けなさい！」

すまんが梅ノ森。相手が悪い。

俺の悟ったような表情から何かを理解したらしく、梅ノ森はジタバタと乙女姉さんの抱擁から脱出すると、真っ赤な顔で捨《す》て台詞《ぜりふ》を吐いた。

「く、くうぅっ、次だ！　次に会うときは、本当のあたしの力を見せてやるぅぅう！」

おいおい、それじゃ悪役だぞ。

たった今、俺たちに素敵なプレゼントをくれた女の子とは思えない。

「巧！　その希って子が登校したら、あんたの仲間と一緒にあたしのところに連れてきなさい！　命令よ！」

何か叫びながら、彼女は教頭とともに職員室へと消えていく。

どうやら下僕度が増して名前の呼び捨てにクラスチェンジしたようだ。

小学生にしか見えない少女に呼び捨てにされるのは、なかなか新鮮である。

「良かったわね～巧♪　千世ちゃんがいい子で」

まったくです。梅ノ森がいい子じゃなかったら姉さんはもう十回くらい死んでます。

俺は、やれやれ、と溜息をつく。

だけど、問題はもう一つ残っていた。

希には、まだ何も伝えていないのだ。


「学校……？」

頭の上に猫を乗せた希が、軽く首を傾げた。

危うくズリ落ちそうになった猫が、抗議の声を上げながら慌てて飛び降りる。

「そう、学校。巧や文乃ちゃんたちと一緒にね」

テンション高めの乙女姉さんとは対照的に、希はクールで無表情のまま、再び首を傾げた。

その表情には「どうして？」「なぜ？」という色が薄《う》っすらと見えていた。

「青春は学校にあり！　部活したり、友達と一緒にお弁当食べたり、保健室で授業をサボったり、ロケットでつきぬけたり！」

それじゃ、ただのダメ学生だし、あと最後のがさっぱり意味分からん。

が、乙女姉さんの言っていることは正しい。それだけは分かる。

しかし希は、やはりピンとこないようで無言を貫き通している。

……単に理解できていないだけかもしれないが。

「というわけで、これからの生活スケジュールをこうしましょう」

乙女姉さんによる、都築家における生活スケジュールが発表された。

朝、五時半に起床して三人一緒にケーキ作り。

……既に、この時点で乙女姉さんが脱落しそうなんだが。俺の気のせいか？

そして、店は乙女姉さんに任せて、俺と希は学校に行く。

帰宅したら店の手伝いをしつつ、後は臨機応変に。

「あ、制服なんだけど、文乃ちゃんに借りてあるから。手抜かりなしの完璧《かんぺき》よ♪」

と言って、制服を手渡す乙女姉さん。

希はといえば、渡された制服と、俺の顔を交互に見つめていた。

戸惑っているのだろう。

気持ちはよく分かる。話が早すぎるもんな。何から何まで事後承諾なんだから。

「いやなら、断ればいい。無理強いするつもりはないんだ」

真っ直ぐに俺を見つめている黒い瞳に向かって、俺は語りかける。

うちの猫どもに話すように、じっくり言い聞かせる感じで。

「でも、乙女姉さんは希のために、よかれと思ってやってる。それは分かってくれよ」

希が、ゆっくりと乙女姉さんの方を向いた。

「……わかった」

こくん、と頷く希。

「ありがとー！　希ちゃん！」

乙女姉さんが、希に飛びついてぎゅっと抱き締める。

なんとか丸く収まりそうだ。

「話も無事まとまったところでっ、お祝いしましょーお祝いっ。パーっと美味しいものを食べに行くとかっ」

「今、うちの家計は火の車。贅沢《ぜいたく》な外食なんか出来ないって」

一日八百円で三人分の食費を賄《まかな》おうとしてるんだぞ。

「んじゃ蓬萊軒《ほうらいけん》でラーメン。安くて美味しい蓬萊軒っ」

蓬萊軒というのは、商店街にある小さな中華料理屋で、確かに安くて美味《うま》い。

しかし自炊すれば、もっと安くて家計が浮くんだが……

「だいじょーぶ。心配なっしんぐ。しっかり者の乙女さんは、こういう時のためにへソクリを用意してあるのでした」

と言って、乙女姉さんは折り曲げた跡すらない、新しい弐千円《にせん》札を取り出して見せた。

――それは単に、珍しいからコレクションしようと思ってただけじゃないのか。

「行こうよ～、文乃ちゃんも誘ってさ～。あ、希ちゃんは制服に着替えてね。学割で百円引きにしてくれるからっ」

確かに、こういうところは、しっかり者なのかもしれない。他はまるでダメだが。

「制服……」

受け渡されたばかりの制服を見つめて、希は小さく頷いた。

梅ノ森千世の対応は、迅速《じんそく》だった。

ストレイキャッツを出たところで、俺の携帯に着信があり「明日、霧谷希と仲間を連れて出頭するように」と告げて、一方的に切られた。

どうやら、明日から希は梅ノ森学園生となるらしい。さすが梅ノ森、仕事が早い。

いろいろな不安はあるが、それは置いておくことにしよう。

「たーっくみ♪　暗い顔してるよ～？　すまいるすまいる。かわいー巧に暗い顔は似合わないよー♪」

「乙女姉さんがノーテンキすぎるんだよ……」

がっくりと肩を落としつつ、俺は嘆息した。

制服に着替えた希の手を引いて、足取りも軽やかに通りを突き進む、乙女姉さん。

制服姿の希は、不安そうな顔で自分の全身を眺め回している。制服というものを着たことがないんだろうか？　梅ノ森が言っていた、希に戸籍がないらしいという話が、俺の頭の片隅をよぎった。

「大丈夫だよ。似合ってる」

スカートの端をつまみ上げている希に向かってそう言うと、希が小さく頷いた。少しは安心したのか、真っ直ぐ前を向いて歩くようになった。

まだ夕食には少し時間が早い。

エンジ色の夕日が、街並みを少しずつ染め始めている。

「呆《あき》れるしかないわね……ホントに」

呟きにしては大きな声で、俺の耳に届くようにと文乃が洩《も》らした。

俺だって呆れてるさ。さすがに乙女姉さんの行動は無茶苦茶だ。

警察に市長まで巻き込んで、よくまあ説得劇が成立したもんだ……と。

「希って……どこから来たのかな」

文乃が呟いた。

戸籍のない少女。一切の記録がない少女。

たまたま、そんなふうに生まれついた〝偶然〟だったのか。

それとも――何か事情があって、そうなってしまったのか。

「やめようぜ。俺らだって、人のこと言えないんだし」

言葉に詰まった文乃は、目を見開いて俺を見つめる。

それから、たった一言、吐き捨てるように、

「うっさい」

余計なことを言うな――そう言っているかのようだった。

「まーまー、ケンカしないケンカしない。後は千世ちゃんが上手くやってくれるわよ」

あくまでも能天気に、乙女姉さんは笑っている。姉さんにそう言われると、本当に物事がう

まく運ぶような気がするから不思議だ。俺も姉さんに毒されちまったかな。

その時、ふと誰かが乙女姉さんに声をかけた。

商店街の、精肉店のご主人だ。

茶色い紙袋を乙女姉さんに手渡して、なにやら談笑している。

「また迷い猫が来たんだって？」

「あはは。そうなんですよ～。しかもすっごくケーキを作るのが上手なの」

「がっはっは！　乙女ちゃんがそれを言っちゃいけないよ～。本職なんだからさ～」

談笑しているうちに、商店街の店主たちや、買い物客のおばさんまで集まって、盛大な井戸端会議になってしまった。いつの間にか、どこの子なのか知らないが、赤ん坊が一生懸命な顔をして、乙女姉さんの肩によじ登っている。

「それが本当に！　すっごく美味しいんだって！　本職が言うんだから間違いないわ」

「それじゃ、近いうちに顔を出さないとなあ」

乙女姉さんが帰ってくると、いつだってこうだ。どこからか町のみんなが集まってきて、どうでもいいような話をして、楽しそうに笑って。

「おっと、商売の途中だった。乙女ちゃん、またな」

夕方の忙しい時間帯だ。他の店主たちも、そそくさと自分の店へと戻っていく。

そうしてようやく解放された乙女姉さんが、俺たちの方へと戻ってきた。

「揚げたてのコロッケもらっちゃった。それに梨《なし》でしょ、お豆腐《とうふ》でしょ。ほら、こ～んなにたくさん！」

ホクホク顔で紙袋を開け、乙女姉さんは、俺と文乃と希に一つずつコロッケを配った。

「食べながら行こっか。ラーメンの前菜ってやつね」

肩を並べて、俺たちは商店街を歩いた。談笑しつつ、時には文乃に蹴飛ばされつつ。

俺たちは、なんだか家族みたいに歩いていたのだ。


翌日、超ご機嫌の乙女姉さんに付き添われ、希は初登校を果たした。

初登校する希は、教室に来る前から渦中《かちゅう》の人となっていた。

考えてみれば、騒ぎになる理由はいろいろとあった。

まず梅ノ森学園への転入生というのが珍しい。

以前、説明した通り——この学園は学費負担がない。

だからこそ競争率が高く、編入試験も基本的には実施していない。

そこに、だ。

理事長の肝煎《きもい》りで転入生が来たとなれば、話題に上らないはずがなかった。

加えて言うなら、幸か不幸か、希が極上クラスの美少女であったというのも、理由に含まれるかもしれない。……いや、最後のが理由のすべてという気もする。

「うーむ、おそるべき集客率。他の学年のやつまで出張してきてるぞ」

感心したような口ぶりで、家康が洩らした。

教室の中心には、制服姿の希。

それを取り囲むようにして、何人もの男女が詰め掛けていた。

矢継ぎ早に投げかけられる質問を、相変わらずのクールな無表情で完全黙殺しながら、希は宙を見つめてボーっとしている。

そうした、超然とした希のキャラクターが、ますます話題を呼んで野次馬を集めてしまう。

「……なんとかしてあげたら？」

その状況を見かねたのか、文乃が溜息まじりに呟いた。

「あの子、困ってるんじゃないの？　ちっともそうは見えないけど」

そう思うならおまえが助けてやればいいのに——とは、思っても言ってはいけない。

それを言うと、助けまいという方向に意地になってしまいかねないんだ。こいつは。

「ここで俺が出しゃばったら、ますます面倒なことになりかねないだろ」

ちなみに——

希がストレイキャッツに住んでいて、俺や乙女姉さんと一つ屋根の下に暮らしていることは、しばらくの間、秘密にすることに決めている。

そんなことがもしバレてみろ、学園中が大騒ぎになってしまう。

「……む？」

ぴくり、と大吾郎の耳が動いた。

何かの気配を察知したらしく、じっと教室のドアを見つめている。

「どうした？」

「……来るぞ、梅ノ森だ」

大吾郎が、そう答えた瞬間だった。

どかんっ、と蹴り倒すようにドアが開き、大吾郎の予言通りに梅ノ森が現れた。

ざわついていた教室が、一瞬、しーんと静まり返る。

誤解なきよう言っておくが、別に梅ノ森が嫌われているわけじゃない。

単に、恐れられているだけだ。……あまりにも傍若無人《ぼうじゃくぶじん》かつ天上天下唯我独尊《てんじょうてんげゆいがどくそん》だから。

その点は文乃も同じで、家康の『同族嫌悪《どうぞくけんお》』説もあながち間違いではなさそうだ。

「野次馬ども、散れーっ！　その子には、あたしが用があるんだから！」

びし！　と片手を伸ばして高らかに宣言する梅ノ森。

こんな時、学園生なら誰もがこう思う。「梅ノ森が言うのなら仕方がない」と。

ゾロゾロと去ってゆく野次馬たちの中を掻き分けて、梅ノ森が歩いてきた。

まるで海を割るモーセのように、そこに道が出来る。

梅ノ森は希の側へと辿《たど》り着き――ゆっくりと机に腰をかけた。

待ちきれなくて自分からやってきたというわけだ。

自信たっぷりの表情が何とも希と対照的で、温度差で小さな竜巻でも起きそうだ。

「あんたが霧谷希ね。よーく知ってるわ。あんたは、あたしのこと知ってる？」

「……知らない」

ふるふる、と希が首を横に振る。

途端、梅ノ森が向きを変えて、俺を睨みつけた。

「こら巧！　恩人の名前くらいちゃんと教えときなさいよっ！」

……そう言われてみればそうかもしれん。

しかし、俺の言い訳には関心がないらしく、梅ノ森はふんぞり返って希に言った。

「まあいいわ。下僕の失態を許してやる寛容も支配者の器《うつわ》だし。じゃああたしが直々《じきじき》に説明してあげる。あんたの入学を実現させたのは、都築乙女じゃなくて、このあたし！」

親指で自分を差しつつ、梅ノ森は得意げな表情を浮かべた。

「つまり！　あんたもあたしの軍門に降《くだ》ったってこと！　そこにいる巧と一緒！」

なんという俺様理論だろう、いっそ感心してしまう。

そういえば、俺は希の許可も取らずに梅ノ森のところに行くと言ってしまったんだった。

どう希に説明するか、俺が考えている間に事態は進行していた。

「だから、霧谷希！　あたしに借りが出来たのはわかるわよね!?」

わかると言え、さもなきゃ取って食う、と言わんばかりの迫力で攻め込んでくる。

「理解できる」

こくん、と希が頷いて見せた。

「よろしい。それじゃ霧谷希、あんたもあたしの子分になりなさい」

「了解」

はい？

これで会話が成立しているのだろうか。

それに話早すぎ。気を遣《つか》った俺の立場台無し。

「希、お手」

「ん」

ぺし、と梅ノ森の手に「お手」をする希の姿が。

素直すぎるのも考えものかもしれん。しかし梅ノ森はご満悦《まんえつ》だ。

「いいじゃない！　希、気に入ったわ！」

梅ノ森の大きなリボンが、満足げにふわりと揺れた。

「……よしよし」

嬉しそうな梅ノ森を、希が反対の手で撫《な》でた。

髪を撫でているだけなのに、梅ノ森がちょっとうっとりしている。

「ん、んんん〜？　ば、馬鹿っ！　頭を撫でるのは主人の権利よ！　勝手なことは許さないわ！　で、でもき、気持ちいい？　あんた何者？　神の手でも持ってるわけ⁉」

「……それより、名前、教えて」

「あぁっ！　あたし、まだ名前言ってなかった⁉」

希と梅ノ森は予測を遥《はる》かに超えて相性が良かったらしい。

どうやら全然心配なかったようだ。

そんな二人の情景を冷ややかに見つめつつ、文乃が一言だけ呟いた。

「……付き合ってられないわ、勝手にやってなさい」

そう言いつつ、文乃はちょっと寂しそうに見えた……のは俺の考えすぎだろうか。

かくして、希の学園生活は始まったのだ。

しかし——梅ノ森の快進撃も、まだ始まったばかりだったのだ。


梅ノ森学園では毎年、創立記念日明け一発目の体育は、水泳と決まっていた。

世間一般で言うところの、プール開きである。

理事長のポケットマネーで作られた学園専用のプールは、温水機能はもちろん、水流機能に競技用水中カメラまで備えた「学生には過ぎた設備」の見本だと言われている。

それだけ進んだ設備を整えつつも、なぜか学生の水着は、昔ながらのスクール水着という、よくわからないアンバランスを内包した理事長の趣味に、学園内の一部の好事家《こうずか》たち（家康含む）は口を揃えて「理事長はわかってらっしゃる」と拍手を送っている。

そんなプールサイドに、芹沢《せりざわ》、と胸に書かれたスクール水着の少女が二人——

言わずもがな、文乃と希である。

「こ、こらぁ！　なんで希まで芹沢ネームのスク水なのよっ！　あたしの子分でしょーが！」

と、これまた誰よりもスクール水着の似合う小学生サイズの梅ノ森が、希を前に騒ぎ始めた。

仕方ないだろ、希、まだ水着なんて持ってないんだから。

「スク水……？」

小首を傾げながら、身に着けた自分の水着を引っ張ったり、胸元を覗いたりする希。

そのたびに、クラスの男子たちがおたけびのような歓声を上げる。

「む、まるで雪のような白さだな。美白とはかくのごときものか……」

堅物《かたぶつ》の大吾郎までもが、若干《じゃっかん》頬を染めて、先ほどから視線のやり場に困っていた。

その気持ちは、よーくわかるぞ大吾郎。俺だって、さっきから何度チラ見してることか。

乳。尻。太もも――

風呂上がりの全裸だった希の姿が頭の中でフィードバックして、つい頬が緩んでしまう。

いかんいかん、これじゃただのスケベ野郎だ。自重しろ俺。

「……動きやすい」

なぜか希はスクール水着が気に入った様子で、何度も生地を引っ張っては伸びる感触を確かめている。そのたびに胸元がチラチラ見えるため、あちこちで生唾《なまつば》を飲む音が鳴っていた。

「散れっ、男子どもっ！　なにジロジロ見に来てるわけっ！　二回殺すわよっ！」

しっし、と群がる飢えた男子を、文乃が追い払う。

そのまま自分の体で希をかばうようにして、文乃は男子たちの前へと立《た》ち塞《ふさ》がった。

「やらしい目で希を見たら、片っ端から目の玉くりぬいて、粒マスタード詰めるからねっ！」

文乃よ……それは逆効果だ。なぜなら男子たちが本当に見たがっている水着姿は、希でも梅ノ森でもない、文乃なんだから。

昨年の夏、学園の男子で秘密裏に行われた「あの娘の水着姿が見たいベスト3」に、しっかり食い込んでいたのは、他の誰でもない文乃自身なのだ。

希の前に颯爽《さっそう》とモデル風に立ちはだかった、スタイル抜群な文乃の雄姿。

男子生徒たちは、二重の意味で希に感謝したのであった。

もし俺がここで「ガキの頃に文乃の素っ裸を何度も見たことがある」とか告白したら、きっと学園中を巻き込んでの大騒動になっちまうんだろうな。……んで文乃に二回殺される、と。

「希もっ、そうやって不用意に胸元をパタコンパタコンさせないのっ！　伸びる素材だってことは、もう十分わかったでしょ！　ああもうっ、ほら！　ちょっとお尻《しり》に食い込んでるっ！」

「……スク水は伸びる。わかった」

コクコクと頷く希の背後から、梅ノ森が不満そうな視線を文乃へとぶつけていた。

「水着なら、あたしのやつが何枚でもあるのにっ。デザイン一緒だけど、特注品なのにっ」

「サイズ的に無理だろ……さすがにそれは」

と、さりげなくツッコミは入れておく。

「なんだとー！　巧、下僕のくせに最近ちょっと生意気っ！　あたしがその気になったら、お祖父《じい》様に頼んで、あんたの水着だけ豹柄《ひょうがら》のモッコリ食い込みビキニパンツにしてやることだって不可能じゃないんだからねっ！　なんなら今すぐそーしてやる！」

俺は自主的に、梅ノ森の手に「お手」をした。

放課後、屋上に来い――という命令が下った。

発令者は言わずもがな、梅ノ森である。

対象者は、俺と希……だけでなく、家康と大吾郎、そして文乃までもが呼び出された。

「なんで私まで呼ばれなきゃいけないのよ」

ブツブツと文句を洩らしつつ、文乃が俺の踵《かかと》を蹴りつける。

言ってもいいよな？　なんで俺が今、蹴られなきゃならんのだ、と。

「なに？　なんか文句でもあるの？」

いえ、なんでもないです。

階段を上って、最後の踊り場を抜けた所に重々しい金属の扉がある。

普段は施錠《せじよう》されているが、梅ノ森は学園のマスターキーを所持しているので、フリーパス。

扉を開けると、こちらに背を向けて仁王立《におうだ》ちになっている梅ノ森の姿があった。

風に吹かれて、スカートがひらひらと舞っている光景は、まるで西部劇の一コマのようだ。

「おっそい！　呼び出しには速攻で応じなさいよ下僕ーズ！」

振り向きもせず、そんなことを言い放つ。

つーか、下僕ーズって……

「いつの間にかオレたちも勝手に下僕仲間にされてる件について」

「俺も、梅ノ森に世話になった覚えはないのだが……」

いやいや、お前ら二人の不満なんて可愛いもんだ。

文乃を見てみろ、今にもドリルだかチェーンソーだかを振り回して暴れそうな顔をしてるぞ。あの形相《ぎょうそう》を、ホッケーマスクで隠したいくらいだ。

「あんたたちを呼んだのは、ほかでもないわ」

くるりと、ようやく梅ノ森がこちらを向いた。

「あんたたちは、栄誉ある瞬間に立ち会うことを許されたのよ」

芝居がかった動作で、両手を広げる梅ノ森。目がきらきらと輝いているのが、どうにも俺の不安を煽《あお》るんだが……。

それはともかく、まったく、これっぽっちも話が見えてこない。

「希、こっちにかもん。子分だから特別枠であたしの横に立つことを許したげる」

「…………」

無言のまま、トテトテと希が梅ノ森の側へと歩み寄った。

すっかり子分スタイルが身についているような気がする。希よ、本当にいいのかそれで。

「……用があるなら早くして。忙しいんだから」

刺々《とげとげ》しく文乃が言い放つ。

しかし梅ノ森は余裕の表情で、文乃の発言を受け流した。

「ふふん、これからもっと忙しくなるわよ」

集められた俺たちの顔を見回しながら、ようやく梅ノ森は本題に入った。

それは、想像の斜め上をいく発言だった。

「サークルを作ることにしたわ！」

……はい？

何を作ることにしたって？

「あんたたち全員、メンバーにしてあげる」

誰一人として、梅ノ森の言葉を理解できなかった。

そしておそらく、全員が「彼女は何を言ってるんだ？」と疑問を抱いたに違いない。

「前々から実行に移そうとは思ってたのよ」

何一つ理解できていない俺たちを無視して、梅ノ森はさらに続けた。

「近頃は、あたしの人徳のおかげで子分と下僕も増えてきたし――」

右手の指で希を、左手の指で俺を差す。

「これからもっと、梅ノ森千世とその仲間たち、っていう枠組みの強化を図っていこうと決めたわけ。選ばれし者たちの集《つど》いって感じ」

怪しげな選民思想者のようなことを言いだしたぞ。

昨日言ってた計画ってのはこれか、と思い当たる。

少なくとも、俺には選択権がないようだ。

「タチの悪い冗談だわ」

ここまで黙って話を聞いていた文乃が、限界点を超えたのか、ついに文句を言い始めた。

みかん
等級
階級
重量
秀
2S
5kg

「そのバカみたいな集まりに、なんで私まで呼ばれなきゃならないのよ」

「あたしだって呼びたくはなかったけど、巧があたしの下僕である以上、その関係者にはチャンスをあげようと考え直したのよね」

「チャンス？　一人でも多く面倒事に巻き込もうってだけの話でしょうが」

ぷいっと顔を逸《そ》らして、文乃は屋上から出ていこうとする。

「去る者は追わず、があたしの信条だけど、もうメンバー登録だけは済ませて教師に提出してあるから。こんな美味しい話を蹴るはずがないと思ったし」

「なっ……勝手に人の名前をっ」

激昂《げっこう》しかける文乃の肩に、そっと手を置いた。

まあまあ、ここはひとつ、穏便《おんびん》に。何といっても希の学校生活と引き替えなのだ。

昨日、一緒に食事に行ったことである程度の事情を知る文乃は、今は仕方ないけど、後で覚えてなさいよ、という長文のアイコンタクトを送ってきた。薬代は姉さん持ちにしてもらおう。

「希と巧は問答無用で参加決定。後の三人はどーする？　ま、好きにすればいいけど」

既に二人確保しているからか、希は自信満々である。

「質問。具体的にどーゆー集まりなの？」

かろうじで拒否権を与えられている家康が挙手した。

「うむ。既にメンバーに組み込まれているようだが……せめて目的なり展望なりを聞かせてもらわんことには、こちらも判断のしようがない」

至極《しごく》真っ当な発言をする大吾郎。

待ってました、と言わんばかりに梅ノ森は胸を叩いた。

「いずれ、あたしには日本……いや銀河系……やっぱ日本ね。日本の中枢《ちゅうすう》をなす支配者としてリーダーとして、活躍しなきゃいけない日が来るわ。絶対的権力者となった時に、あたしが何をすべきなのか、どんなことができるのか、それをシミュレートするための実験組織がコレ！　言わば〝支配者階級の箱庭〟ね！」

要するに、ワガママを言うための実験場だ。

「ちなみに、お祖父《じい》様にはサークルの認可を受けてあるから」

理事長も変わった人みたいだからなあ。

美少女の理不尽《りふじん》がまかり通るサークルが大活躍するアニメでも見たのかもしれん。

俺としては、甘やかされた孫娘が暴走して他人に迷惑をかけるのを止めて、立派に更生させる漫画をぜひ週刊連載して理事長に桐箱入りで届けて頂きたい。

「……なんちゅうか、まったく具体性と方向性の見えないサークルなんだが、まあ巧が強制参加させられるってのなら、ちょっと付き合ってみるのも一興かもしれん」

「その通りよ、眼鏡《めがね》！　何事も試してみる、支配者にとって大事なことだわ」

「眼鏡て……」

不本意な呼び名をつけられ、家康は項垂《うなだ》れた。

「俺からもいくつか質問がある。基本的な事項だが、既に仔細《しさい》が決まっているのならば答えられよう。まず活動拠点は確保されているのか否か、なのだが――」

その質問を待っていた、と言わんばかりに梅ノ森の表情が輝いた。

わざとらしく咳払いをし、手を後ろに組み、二、三往復ほど俺たちの前をゆっくりと歩く。

そして再び咳払いをした後、びしっ！　と〝ある方向〟を指差した。

「このペントハウスこそ、あたしたちの拠点となる支配者の城っ！」

梅ノ森が指差したのは、ペントハウス……というより、俺たちが「屋上の物置」と呼んでいる小さな建物だった。

そして俺は、この建物の中に何があるのか知っていた。

……まあ言ってしまえば、運動用具室と大差ない物置だ。

文化祭に使われるテントやら、古くなったホワイトボードやらが詰め込まれている。

「あたしたちの戦いはまだ始まったばかりよ！」

それじゃ終わってるだろ。

「さ、希、拍手しなさい拍手」

「ん」

希が、言われるがままにぺちぺちと抑揚《よくよう》のない拍手をする。

どうにも切ない光景だが、もしかして俺も、周囲からあんなふうに見えているのだろうか。

「うむ、拠点が用意されている点については理解した。ではもう一つ聞いておきたい。おそらくは、この場にいる全員が知りたいと思っているはずだが……」

俺たちの顔を見回し、大きく頷く大吾郎。

文乃だけは、もううんざり……といった表情で、話を聞いてすらいなかった。

「なによ？　言ってみなさいよ？」

「先ほどは抽象的な回答で煙に巻かれたのだがな、そのサークルで何をするのだ？　まず手始めに何から行う？　体育競技でインターハイを目指すわけでもないだろうが、具体的な目標を聞かせてほしいものだ」

「そう、それよ！」

我が意を得たり、とばかりに梅ノ森はバン、と壁を叩いた。

「今日は、それを考えるための会議よ！　さあ、目の覚めるようなアイデアを期待するわ！」

……。つまり、ノーアイデアってことか。

不意に、ばたん……とドアが閉まる音がした。

文乃だ。

ついに限界点を突破したらしく、帰ってしまったらしい。

そういえば、そろそろ夕方だ。店番の交代時間が近づいている。

「こ、こらぁ！　勝手に帰るなーっ！　まだ始まってもないのに！　事件は会議室で起こってるのよ！」

「……まあまあ、梅ノ森。サークルは分かったから、次回までにやりたいことを考えといてくれよ。俺と希も、そろそろケーキ屋の店番があるんで、帰っていいか？」

「ちょ、下僕でしょーが！　店の手伝いくらいサボりなさいよっ！　巧！」

「そーゆーわけにもいかんだろ。また姉さんの巨乳ホールドを食らうぞ」

思い出したのか、イヤそうな顔をする梅ノ森。

珍しく助けを求めるように家康と大吾郎を見る。

「……えー、あー、その……なんだ。いろいろと固まってから、また話を聞かせてくれ」

出来るだけ控えめに、家康は語りかけた。彼にしては賢明だ。

「志《こころざし》と主旨《しゅし》があえば協力することはやぶさかではない。偽《いつわ》らざる俺の本心だ」

意訳すると家康と以下同文、という言葉を投げかけて、大吾郎は頬《ほお》を掻《か》いた。

「う〰〰〰〰〰〰〰〰〰っ」

敵を威嚇《いかく》する犬のように唸《うな》りを上げげつつ、千世は地団駄《じだんだ》を踏んだ。

「絶対、また招集かけるわよっ！　もうメンバーに入れてるんだから！」

千世の叫びは、学園中に響き渡った。


霧のような小雨が降り始め、次第に強さを増していた。

それでも俺たちは傘をさそうとはせず、ストレイキャッツへと走り出した。

だが、店へと帰った俺たち三人を待ち受けていたのは、乙女姉さんの笑顔——ではなかった。

――油断していた。

俺としたことが、完全に油断していた。

ストレイキャッツの喫茶スペース。

古ぼけた椅子《いす》に腰を下ろして、俺は頭を抱えた。

目前にはノートの切れ端が一枚……そこにポップな文体で、メモが書き記されている。

『北欧で戦争が起こりそうなので、ちょっと止めに行ってきます♪　――乙女』

ちょっと止めに行ってきます、の件《くだり》に自画像だと思われるキャラクターの絵が添えてある。

なかなか特徴を捉《とら》えているし、わざわざフキダシで「戦争イクナイ！」と書かれているあたり、芸が細かい。

……と、細部のツッコミに逃げたくなるほど、俺は精神的なダメージを受けていた。

「ど、どうするのよ、これ」

普段は動じない文乃が、ポップを握り締めて、珍しく狼狽《うろた》えていた。

そりゃそうだろう、俺だって狼狽えてる。

どうするもこうするも。

いつものアレだ、そう思って苦笑いするしかない……と、従来なら考える。

しかし、今は事情が違う。

乙女姉さんの不在は、つまり「俺と希が二人っきりになってしまう」ことを意味していた。

「……待って、なにか下の方にも小さく書いてある」

目ざとく、新たなメモ書きを発見する文乃。どれどれ……？

『P・S・希ちゃんケーキ作りよろしく♪』

おいいいいっ！

「ん、作る」

なぜか、希がやる気になっている。

いまいち、この緊迫した空気が読めていないようだ。

「乙女さんが帰ってくるまで、希と巧の二人っきりで過ごすってこと⁉　高校生の男女が？

バカじゃないの、そんなの許されるわけないでしょーが！」

「俺の首を絞《し》めるなよっ、俺だって今、ちょっとパニックなんだから！」

踏みつけて「二回死ね」と言いださないあたり、文乃も少し成長したようだ。

しかし何の解決にもならない。

どうするんだよ、これから数日……、いや、下手すりゃ数カ月になるかもしれない。

「参ったな……」

頭を抱える俺と、なぜか憤慨《ふんがい》している文乃、そしてこの事態を理解していない希――

ざあああっ、と雨の音が大きくなった。

ストレイキャッツの屋根を叩きつける雨音は、まるで、俺たちの困惑を煽《あお》り立てようとする魔女の、意地の悪い笑い声のようにも聞こえた。

第四章「台風の夜に」

……非常に気まずい。

重みのある空気が、ストレイキャッツの店内に充満していた。

必要以上に何度もモップをかける文乃《ふみの》。

乙女《おとめ》姉さんのレシピメモを無言で読みふけっている希《のぞみ》。

ボーっとレジの前で佇《たたず》む俺。

そして外は、バケツをひっくり返したかのような大雨……。

お客なんか、来るはずもない。

ちら、と希の横顔を覗《のぞ》き見るが、その表情からは何も読み取れない。

希はわかっているのだろうか？　乙女姉さんの不在が、何を意味するのか。

……もちろん、何も起きたりしないはずだけど。

常識的に考えて、血の繋《つな》がりのない年頃の男女が一つ屋根の下で過ごす——なんてことを平然と受け止められるはずがない。少なくとも俺はそうだ。文乃もそうらしい。

カチカチと音を立てて進む時計の秒針。

……あ！　俺が家康《いえやす》か大吾郎《だいごろう》の家に泊まりに行けばいいのか！

一瞬、そんな考えが脳裏《のうり》を過《よぎ》る。

事態を打開する名案のようにも思えたが、すぐに頭の中から打ち消した。

希を一人で、この家に放置しておくわけにはいかない。

台風も来ている。

それに、一人は……寂しいはずだ。

――孤独がどれだけ寂しいものか、俺は知ってる。

俺たちが側にいてやらなきゃ――なんてのは思い上がりで、バカにするなと言われるかもしれない。自分はそんなに弱くないのだと。

『迷惑なら、出ていく』

あの時、希が呟いた言葉には、そんな意味も含まれていたんじゃないか……。

「……ちょっと、巧《たくみ》ってば。聞いてる？」

「んあ？」

いつの間にか、目の前に文乃が立っていた。

モップを手に持っていないということは、既《すで》に片づけたのだろう。

「どうした？」

「どうした、じゃないわよっ！　お客さんが来るのっ！」

は？　客？

「電話鳴ってたの、気づかなかったの？」

「……いや、ぜんぜん。電話なんか鳴ってたっけ？」

「鳴ってたのよ！　バースデイケーキが欲しいって、連絡があったわ。美容室の柿本《かきもと》さんから」

おーおー、一時期、乙女姉さんに熱を上げてた、あの兄さんか。この大雨の中、わざわざバースデイケーキを買いに来るつもりなのか？

「希に相談したら、作れるっていうから。今、作ってもらってるけど……」

「ああ、基本はショートケーキだからな。切ってないだけで」

と、説明を始めようとした、その時。

ドアベルの音が鳴り、続いて吹きすさぶ風鳴りが聞こえた。

「うひゃああ、すーごい雨だわ。傘《かさ》めちゃくちゃになっちまった」

濡れネズミになった男が、ストレイキャッツへと駆け込んできた。

「うわ……凄《すご》いことになってますね。今、タオルを、」

「はい、どうぞ」

すかさず文乃が、乾いたタオルを差し出した。ナイスタイミング。

「おお、サンキュ。もうケーキ出来てる？」

「今、作ってますから。熱いコーヒー淹《い》れますんで、座っててください」

「いいねえ、コーヒー。苦いやつを頼むよ」

喫茶スペースに案内し、座って待ってもらうことにする。

さて、希の様子は――

「あれ？　乙女さんじゃないの？　あのケーキ作ってる子、誰？」

ひょいっと厨房《ちゅうぼう》を覗《のぞ》き込んだ客が、意外そうな顔をした。

「え、ええと……うちの新人パティシエールです」

うん、間違ってはいない。資格は持ってないけど。

そんな俺の雑な回答に、ポンと手を叩いて、

「あー！　例の新しい迷い猫！　噂《うわさ》は聞いてるよー、一緒に暮らしてるんだって？」

商店街の情報伝達力は、計り知れない。

世間話と回覧板で、あっという間に何もかもが知れ渡ってしまう。

特に、乙女姉さん絡《がら》みの話題は回覧板で特集が組まれてしまうほど、人気のトピックらしい。そもそも、乙女姉さん自身が触れ回っているんだから、これはもう町内の誰もが知っていると踏んだほうがいいかもしれない。

……非常に迷惑だなあ。個人的には。

「い、一緒に暮らしてるというか、なんというか……あ、出来たみたいです。ネームプレートとロウソク、どうします？」

バースデイケーキには、無料でネームプレート&ロウソクが付く。

まあ、それはどこのパティスリーでも同じか……。

「美容室ルパン、30周年記念って書いてもらえる？　あ、漢字は厳しい？」

「なんとかなると思います。文乃、頼む」

プレートに文字を書くのは、文乃の仕事だ。

なぜなら、俺も乙女姉さんも、そういった細かい仕事は苦手だから。

希に頼めばやってくれそうだが、文乃の仕事を奪っているようで気が引ける。

「ロウソクは、大きめのを二本と、小さいのを十本にしときますね」

てきぱきと仕事をこなす文乃。バイトとしては非常に優秀……なんだよな。後はアイソさえよければだが。

「乙女さんは、やっぱりいないの？」

少しガッカリした様子で、男は溜息《ためいき》をついた。

「またフラっと、どこかに行っちゃったんですよ。海外に行ったらしいので、しばらく帰ってこないかも……」

「相変わらずだねぇ。じゃあアレだな、今夜は巧くんとあの娘、二人っきりの夜ってことだな。いいねいいねぇ」

なっ⁉　なななななっ⁉

思わず、俺と文乃の頬《ほお》が引きつった。

慌《あわ》てて希の方を見てしまう。

そして今度は、ばっちり目が合ってしまった。

「……？」

あああ、なんか首を傾《かし》げてるしっ。ないないっ、なんでもないからっ。

思わず、ブンブンと手を振ってしまう。

「……なにやってんの？」

「あ、いや、ちょっとしたジェスチャーです。パティシエールへの」

思わず、意味不明な回答をしてしまう。

「お、お客様、これでよろしいですか？」

不自然なほどニコやかに笑顔を浮かべた文乃が、プレートを添えたケーキを客に見せた。

額《ひたい》には薄《う》っすらと、血管が浮き上がっているようにも見える。

「いや……あの、これ……」

プレートを見た男の顔色が途端に変わる。

見れば、「ルパン」の「ン」が「リ」になっていた。

しかも、「ル」と「パ」の間にチョコが一滴垂《た》れているせいで「ル・パリ」とかいう、強引にフランスっぽくしようとして失敗した下町の洋食屋みたいな名前になっていた。

「ごめんなさい、すぐ直しますねー♪」

にこにこにこにこにこ。

この擬《ぎ》音《おん》は、別に「ぎりぎりぎりぎりぎり」に変えても差し支えない。

笑顔を浮かべた文乃の、奥歯が鳴る音だ。

「……キミたち、ちょっとヘンだけど、大丈夫か？」

怪訝《けげん》そうに俺と文乃を見つめる客に、俺たちはただ、愛想《あいそ》笑いだけを返すしかない。

厨房では、そんな俺たちの動揺など気づきもしない希が、指についたクリームを舐《な》めて——

ケーキの出来が良かったのだろうか、満足そうに頷いていた。

柿本さんが帰ってから、客足はぱったりと途絶えてしまった。

それもそのはず。台風直撃である。

ウインドウは叩きつける風雨に白く濁《にご》り、外も見えなくなってきた。

「こりゃあ、ヤバそうだな」

上からではなく、横から叩きつけるように雨が降っている。

少しだけドアを開けてみる。気圧差で突風が店内に吹き込んだ。

ビシビシと頬《ほお》に当たる雨粒が少し痛い。

「店じまいしよう。開けてるだけ無駄だ」

俺は、オーナーの弟として厳かに宣言した。

「決断が遅いわよ」

憎まれ口を叩きつつ、文乃はエプロンを外した。

「じゃ、あたしは帰らせてもらうから」

当然というように、彼女は着替えるために奥に消える。

……残された俺と希は、黙々と片づけを始める。

気まずい。

帰宅の準備をして戻ってきた文乃に、俺は思わず聞いた。

「なあ、こんな天気だし今日は泊まっていったらどうだ？」

俺は、希と二人きりになるという緊張から逃れたい一心で言った。

「私には、変態と同じ屋根の下で寝る度胸はないわ」

一刀両断《いっとうりょうだん》。

そう言いつつも、文乃は牽制《けんせい》するように希を見た。

「そうだ。希、もしこの変態と二人きりが嫌だったら、あたしのうちに来てもいいけど？

あ、誘ってるんじゃないのよ？　ただ、もし何かあったら後味悪いし」

希を心配している、と素直に言えないのが文乃流。

しかし、希はその言葉が理解できない、というように首をかしげた。

文乃は、その瞬間にきびすを返す。後ろも見ずに捨《す》て台詞《ぜりふ》を放った。

「じゃ、私帰る」

「ま、待てって。送るよ！　台風なんだぞ！」

「いらないっ！」

俺の言葉も聞かず、文乃は傘をささずレインコートだけで店を飛び出した。

慌《あわ》てて俺も飛び出す。幸い、昼間使ったレインコートが手元にある。

外は暴風だった。

なるほど、これなら確かに傘なんて一発でおしゃかになってしまうだろう。

文乃が傘をささなかった理由が分かる。

レインコートの袖やら裾《すそ》から、バンバン雨が吹き込んでくる。これじゃまるで意味がない。

「なんでついてくんの！」

吹き荒れる強風の中、文乃が何かを叫んだ。雨音と風音にかき消されて聞こえない。

「ぜんっぜん聞こえない!!　なんだって!?」

「ついてこなくてもいいいって言ったのッ!!」

ああ、やっと聞き取れた。

台風直撃の最中、一人で家まで帰すなんて真似《まね》が出来るか。

……もし何かあったら、どーするんだよ。ったく。

「もうここでいいから！　帰りなさいよ！」

「教会なんて、すぐそこだろうが！　ここまで来れば一緒だ！」

強風が電線を揺らして、悲鳴のような音を奏《かな》でている。

どの店も、どの家も、雨戸を閉めて台風に備えているようだった。

無言のまま、前傾姿勢で教会を目指す俺と文乃——

豪雨の中、支え合うようにして歩く。

「きゃっ」

突風にふらつく文乃の身体《からだ》を、俺は抱きすくめるようにして支えた。

レインコートごしに、温かな感触がする。いい匂《にお》いも。

珍しく、文乃は逆らわなかった。

そのまま、教会まで歩いていく。なんだかとても短い道のりだった。

「着いたわよ！　もういいから！」

教会の前まで辿り着いた時、またしても叫ぶようにして文乃が言った。

風は少し落ち着いて、声も通るようになっていた。

「……上がってくの？」

と、視線で教会を示す文乃。だが俺は首を横に振った。

「いや、やめとく。芹沢《せりざわ》シスターによろしく」

「なんでわざわざ、見送りなんかするのよ。バカじゃないの」

ジト目で見つめられる。

「……文乃が、ついてこなくていいって言ったからだ」

思わず、心の中にあった答えが言葉になって出てしまった。

もし文乃が『別に来てもいいけど』と言ったのなら、俺はついてこなかった。

――わからないだろうな、文乃自身には。

「はあ？　なにそれ？」

「なんでもない。んじゃ、また明日――臨時休校でなければ、学校で」

手を挙げて別れの挨拶《あいさつ》を済ませ、ストレイキャッツへと引き返す。

「……意味わかんないのよ。バカ」

俺の背中に向かって呟く文乃の声が、聞こえたような気がした。

何だか胸に妙な気分を抱いたまま、俺は店へと全速力で駆け戻った。

濡れたレインコートを店の中に吊《つ》るして、リビングへと駆け上がる。

希はパティシエールの服を着替えて、乙女姉さんに借りたパジャマ姿になっている。

十五匹もの猫たちが、そんな希の側に、所狭しと寄り添っていた。

「……おかえり」

「た、ただいま」

声が上擦《うわず》ってしまう。

乙女姉さんはいない。この家にいるのは、俺と希の二人だけ――

落ち着け。ここ数日間、そんな状況は何度かあったはずだ。

何を今さら過剰《かじょう》に意識する必要がある？

ぐっすり眠って、朝になればオハヨーの一言で、これまで通りの日常が始まる。

希を見てみろ、呆《あき》れるほど自然体で、ちっとも焦《あせ》ってなんかいないだろうが。

自分への叱咤《しった》激励《げきれい》を脳内で何度も繰り返し、深呼吸を一つ。

――とりあえず、メシだ！　メシにしよう！

腹が減っていてはロクなことを考えない。

「晩飯にするけど、何か食いたい物とかあるか？」

さりげなく問いかけることに成功した。

まるで、初めて希がうちに来た日のように緊張しながら……。

「……巧が作るの？」

質問に対する、何気ない質問返しだった……が、俺は思わず息を詰まらせた。

初めて、希が俺のことを名前で呼んだ。

それだけで、一気に血流が速くなったような感覚に襲われた。

「あ、ああ。俺が作る。簡単なものしか作れないけど」

「じゃあ任せる」

任せる、と言われてもな。

選択権を与えられた方は、余計に頭を悩ませることになる。

もしこれが、相手が家康《いえやす》か大吾郎《だいごろう》で「巧のセンスに任せた」なんて言い出したのなら、俺もそれなりに茶目っ気を交えつつ、激辛カレーにしたりするのだが……。

「チャーハン……は昨日食ったよな。ラーメンセットに付いてきたし。うどんは？」

確か冷凍庫に、冷凍うどんがあったはずだ。

カマボコにほうれん草、キノコなんかも残っていたはず。

「いいよ」

希が頷《うなず》くのを見て、キッチンへと向かった。

その直後、希がテレビのリモコンを手に取り、スイッチを入れた。

『……の地域は十分な注意が必要です。落雷の影響により一部、停電が続いている地域もあるようです。また沿岸部には波浪警報が出されており……』

台風情報が流れていた。

「希って、実はテレビっ子だったりするのか？」

あくまでもさりげなく、質問してみた。

「……どうして？」

「この前も、テレビつけて見てただろ？　見たい番組があるのなら、言ってくれれば予約録画とかも出来るからな」

乙女姉さんにコキ使われて、ＡＶ機器関連の操作は熟知した。

ドラマ録《と》っといて、とか。映画録っといて、とか。

「特にない。でも、ニュースは見たい」

そう言うと、希は食い入るようにしてテレビの画面に見入った。

また渋い趣味だな。女子高生がニュース好きって……

「すぐに出来るから、もうちょっと待っててくれ」

思った以上に、円滑《えんかつ》なコミュニケーションが取れている。少し安心した。

もっとギクシャクした感じになるかと思ったが――

「にゃあん」

ふと気づけば、先ほどまで希に付きまとっていた猫たちが、かつおぶしの匂いを嗅《か》ぎつけて俺の足元に集まっていた。

「後でな。まずは俺たちがメシを済ませてからだ」

諭《さと》すようにして語りかけると、猫たちは不満そうに欠伸《あくび》をして見せた。


その頃、芹沢文乃は教会の自分の部屋にいた。

個室が与えられたのは最近のことだ。

それまでは、何人もの仲間たちと一緒に布団《ふとん》を並べていたものだ。

つらかったような、楽しかったような。

窓に打ち付ける雨が鏡のように文乃の顔を映し込む。

いつも隣にいた。いつも隣にいる顔が思い浮かぶ。

ストレイキャッツの明かりが、窓越しにかすかに見える気がした。

文乃は、割れない程度に窓に頭突きをした。

パン、と澄んだ音がして文乃は呟く。

「ばか」

それは、鏡に映る自分に言ったのか、脳裏に浮かぶ顔に言ったのか。

彼女自身にも判らない。

ただ、なんだか自分らしくない気がして、もう一度頭突きをするのだった。

降りしきる雨は、彼と彼女の距離をあざ笑うように強くなっていく。

ツユまで飲み干す希の姿に、俺は少しホッとした。

味の良し悪しに、ではなく、あくまでも自然体の希に、だ。

妙に意識してギクシャクしそうになった自分が、独《ひと》り相撲《ずもう》を取っていたようでアホらしい。

最後の一口だけ、ようやく手製のうどんを味わえた気がする。

希が風呂《ふろ》に入っている間に、食器を洗い、片付けを済ませ、ソファーに座ってテレビを見る。

どのチャンネルを回しても、テロップで台風情報が流れていた。

――こりゃ本格的に、明日は休校かもな。

そんなことを考えていると、風呂から上がった希が、フラフラとリビングに戻ってきた。

一瞬、ドキリとするが、ちゃんと体にバスタオルを巻いていたのでホッとした。

「な、なんか飲むか？　冷蔵庫に麦茶ならあるけど」

なぜか声が上ずってしまう。

当たり前だ。裸にバスタオルをまとっただけの女子が、すぐ近くにいるんだから。

全裸に比べればマシとはいえ、意識しないかと言われると、そうもいかない。

「ん、いらない」

首を横に振って、希はちょこんと俺の隣に腰掛けた。

ち、近いっ！　近いって、希っ！

スクール水着どころの騒ぎじゃない。甘い石鹸《せっけん》の匂いを漂わせながら、太ももと胸元が丸見えの希が、俺の隣に、かなりの至近距離で座っているのだ。慌てない方がおかしい。

「ド、ドライヤーもあるからな。うん、ドライヤーがある。なかなかいいヤツだぞ」

俺はいったい、何を言ってるんだろう。

「……あ」

不意に、希が声をあげた。

「ど、どうしたっ？」

「浴室にパンツを忘れた」

ぶっ!?

ってことは、つまり、つまりつまりつまり、つまるところ、今は何も穿《は》いていないと——

「……取ってくる」

立ち上がって、再び浴室の方へと向かってゆく希の後ろ姿を、見つめてしまう。

なんだろう、この動悸《どうき》の激しさは。ちょっと落ち着け、都築巧《つづきたくみ》。

考えてもみろ、こんなの乙女姉さんで慣れてるはずだろうが。な、そうだろ?

悶々《もんもん》と心の底から湧きあがろうとするダメな思考を、俺はひたすらケーキのレシピを思い出すことで、頭の中から追い払おうとし続けた。

にしても希よ、さすがにノーパンはダメだって。いや本当に……。

夜は、淡々と更けていった。

希は相変わらずの無口だが、全くしゃべらないわけでもない。

問いかければ返してくるし、たまにポツリと話しかけてくることもある。

時刻は、夜の22時頃のことだ。

明日の朝も早いから、と俺たちは就寝することになった。

「今日くらいは、乙女姉さんの部屋で寝るといいよ。小さいけどテレビもあるし」

相変わらずリビングで眠ろうとする希に、提案してみる。

しかし希は首を横に振って、それを固辞《こじ》した。

「あのな、本当に遠慮することないんだぞ。無理にとは言わないけど、ここは雨音もうるさいし、ソファーは硬い。ずっとそんな生活続けてたら身体壊すぞ」

「…………………」

少し考える素振りを見せた希だが、やはり先ほどと同じく首を横に振った。

「……迷惑はかけたくない」

「だから、ちっとも迷惑なんかじゃないってば。……前にもこんな話したよな、確か」

「部屋は……使うとわたしの跡が残るから」

希が、わずかに目を伏せて、そう言った。

跡が……残る？　どういう意味だ？

それよりも、喋《しゃべ》るときはいつも真《ま》っ直《す》ぐに相手の目を見る希が、視線を逸《そ》らしたのが気になった。希は、とても寂しそうな目をしていた。

希に問いかけようとした、その時。

窓の外に閃光《せんこう》が走り、続けて鉄槌《てっつい》を振り下ろしたような轟音《ごうおん》が鳴り響いた。

――落雷だ。かなり近い。

思わず蛍光灯に視線を向ける。停電はしていないらしい。

「今の、かなり近かったな」

「…………………」

無言のまま、希が俺に背中を向けた。

もう話はこれでおしまい、という意思表示だろうか？

さっきの〝わたしの跡が残る〟という言葉の意味は、何だったのだろう？

「……いつ出ていってもいいように、匂《にお》いは残したくない」

「え……？」

「おやすみ」

一方的に会話を打ち切って、希はタオルケットに包《くる》まり、ソファーの上へと寝転がった。

いつも希の側に擦り寄ろうとする猫たちも、その近寄り難い空気を感じ取ったのか、困惑気味に希を見つめている。

……いつ出ていってもいいように、だって？

希の言葉が、ぐるぐると俺の頭の中を回り続けた。

――雨の音がうるさい。

稲光が走るたびに、音が鳴るまでの時間差を気にしてしまう。

気象庁の予報が正しければ、今まさに台風は、この街の真上を通過しているはずだ。

「……眠れん」

後頭部がカッカと熱い。

何度も枕《まくら》を裏返しては、頭のポジショニングを調整する。

むくり、と起き上がった。

そういう時は、本でも読めば次第に眠くなる……なんて乙女姉さんに言われたことがあるが、俺の場合は逆効果だった。頭が冴《さ》えて余計に目が覚めてしまう。

充電スタンドに立ててあった携帯電話を手に取り、メール作成画面を開いた。

暗闇《くらやみ》の中、ぼんやりと光る携帯のディスプレイがやけに眩《まぶ》しい。

……送り先は、家康にしとくか。

簡単な文面。「雨がうるさくて眠れん！」とだけ書いて送信した。

しばらくして『忙しかったのに、お前のメールで邪魔《じゃま》されてムカつきました。オレとオレの右手に謝れ！』という返信が届いた。……すまん家康。いろいろと。

ダメだな、さっぱり眠気がこない。

立ち上がって電灯を点《つ》け、再び携帯を充電スタンドにセットする。

水でも飲もう……と、俺は部屋のドアをゆっくりと開けた。

同時刻。

文乃は質素なベッドの上で寝返りを打っていた。

眠れない。眠れるはずがない。

「ぜんぜん、気になんかならないんだから」

文乃はそう呟くと、隣で寝ていた熊のぬいぐるみに軽くジャブを打つ。

ぬいぐるみの名前は、タタミ、と言う。もやもやがひどくなっていく。

「ん〜〜〜っ！」

突然、彼女は狼《おおかみ》のごときうなり声をあげた。

「あーっ　もうっ！　ぜんぜんっ、気になんてなってないんだからねっ！」

ベッドから跳ね起きると、彼女は素早く身支度を調え始めたのだった。


希は起きていた。

部屋の電気を消し、タオルケットに包まったまま、じっとテレビを見つめていた。

「あ……」

なぜか身体が緊張する。

この家には、希一人だけ――そのことを、改めて意識してしまう。

「まだ起きてたのか」

「……起きてた」

テレビ画面から目を離そうともせずに、希は答えた。

音声はオフにしてあるらしく、表示される字幕を目で追っているらしい。

「台風、どうなったって？」

尋ねながら、コップに水を入れて一気に飲み干した。

「停滞してる」

そっか、と答えるだけで精一杯。もう一杯、コップに水を注いで飲み干す。

胃のあたりが、きゅうっと冷たくなる感じが少しだけ心地よかった。

「……眠れないの？」

ようやく、希がこちらを向いた。

その吸い込まれそうな瞳に、テレビの明かりが反射して綺麗に輝いている。

「ああ……なんか寝つけなくて。雨がうるさいんだよな」

キッチンに立ったまま、俺は苦笑した。

耳栓《みみせん》でも突っ込んでしまえば、どうとでもなるのに。

そんな簡単なことにすら気づかないほど、俺は緊張していたらしい。

これから何日も何日も、希と一緒に過ごす日々が続いていくというのに、先が思いやられる。

「テレビの音、つけてもいいぞ。どうせ眠れやしないし」

「……このままでいい」

打ち解けもせず、かといって緊迫もしていない微妙な空気が流れる。

漂う沈黙。

その静寂を破ったのは、俺ではなく希の方だった。

「……巧と文乃は、仲、いいね」

どうすれば、そんなふうに見えるんだろう、と苦笑せざるをえない。

「ま、腐《くさ》れ縁《えん》だからな。ずっと昔からの」

最初に出会った瞬間は、もう覚えていないくらい昔だ。

ヌイグルミの取り合いに、おやつの奪い合い、色々とケンカを重ねた記憶が残っている。

ほとんど、俺の全敗だったような気もするんだが。

「……ああ、そうだ。希にだけこっそり、文乃の秘密を教えてやるよ」

「秘密？」

そう、限られた人しか知らない、文乃の秘密。

「絶対に他言無用だ。……っても、俺の周囲の人たちは、たいてい知ってるけど。だから、家族みたいに親しくなった者同士の、共有の秘密ってやつだな」

もう希には、その資格がある。だから聞かせてあげよう。

頭の中に、怒鳴り散らす鬼のような文乃の姿を思い浮かべながら、俺は語りだした。

「今後もし、文乃と話をしていて……アイツが真面目《まじめ》に何かを言ったとしたら」

「言ったとしたら？」

「言ったとしたら、それは百パーセント、嘘《うそ》だ」

「嘘……？」

そう、嘘だ。

その言葉はすべて嘘。

白を黒、表を裏だと言い張る狼《おおかみ》少女。……それが文乃だ。

欲しくない、と言えば、欲しいのだ。

あっちに行って、と言えば、側にいてくれという意思表示だ。

とことん素直になれない、ヒネくれたやつなんだよ。文乃ってやつは。

「……真面目じゃない状態がわからない」

「あー、そうだな。例《たと》えば怒りながらわめき散らしてる時、とか」

そんな時は、嘘をつくというよりは感情を剛速球で、ぶつけてくる。

「怒ってるときは本当のことを言うの？」

「いや、一概にそうとも言えない。だからちょっと判断が難しいんだ。そこは長年の付き合いで見分けるようにはしてるけど」

希もこれから目と耳を鍛《きた》えていけばいいさ、なんてためになりそうにもない話をする。

しばらく文乃の話が続いた後、今度は、珍しく希の方から積極的に絡《から》んできた。

「千世《ちせ》の話も聞かせて」

梅《うめ》ノ森《もり》の話を？

俺ばかり話をしているような気もするが、これも一つのコミュニケーションには違いない。

「んー、梅ノ森に最初に会ったのは入学式だったかな」

中学校に入ることになった俺は、そこそこ勉強して、梅ノ森学園を選んだ。

乙女姉さんに学費の負担をさせたくなかったのも理由の一つだが、家から近かったのが最大の選択要因だった。

「入学式では、受験生の中で成績が一位のやつが壇上に立って挨拶《あいさつ》することになってたんだ」

「……それが千世？」

「いいや違う。驚くなよ、なんと家康だ」

颯爽《さっそう》と壇上に現れた家康だったが、すぐに姿を消す羽目になってしまう。

横から現れた梅ノ森が、猛烈なドロップキックで家康をすっ飛ばしたからだ。

そしてマイクを奪い、なぜ挨拶が自分ではないのかと文句を並べ立て、いかに自分がこの世界で優れた人物であるかをアピールし、政治家顔負けのマニフェストをぶち上げ、そして最後には、なぜか式典に出席していた理事長が涙ながらに拍手を贈る——という、前代未聞《ぜんだいみもん》の大騒動があったのだ。

そんな強烈なデビューを見せられて、その存在を覚えないやつなんていない。

梅ノ森千世の名は、あっという間に全校中に知れ渡った。

「すごいだろ？　さらにそこから、俺と梅ノ森のファーストコンタクトの話もあるんだが、それはまた今度ゆっくり聞かせてやるよ。長くなるから」

それもまた、乙女姉さんの巻き起こしたトラブル絡み……だったのだが。

「巧は……いいね」

思わず顔を上げて、まじまじと希の顔を見つめてしまう。

テレビの明かりに照らされた横顔は、なぜか悲しそうだった。

雨が、また激しさを増した。

叩《たた》きつけるような雨音に、じっと聞き入ってしまう。

「わたしは――そんな出会いなかった」

ふと、希が呟いた。

抑揚《よくよう》の薄い呟きだが、重みを持って俺の胸に届く。

「友達いなかったのか？」

「いない」

「その……親はどうした？　答えたくないならいいけど」

「知らない」

「……そうか、知らないのか」

戸籍がないってとこで、想像はしてたけどやっぱりか。

「どこで育ったのかも、よくわからない。施設？」

どんな施設だ、と問おうとして思い留まる。

詮索《せんさく》はしないと、決めたはずだ。希が自分で語るまでは……と。

でも、もしかしたらチャンスかもしれない。それも千載一遇《せんざいいちぐう》の。

「クラスメイトくらいいただろ？」

「学校も、住むところも同じ敷地だったし、会うのは同じ宿舎で暮らしてる子だけ。病院も買い物も全部施設の中だけ。全然出たことなかった」

どうやら、全寮制の施設で暮らしていたらしい。

「そうだったのか……」

「逃げてからは、もっとひとりだった」

希は、何でもないことのように無表情に言った。

その言葉は、俺の胸に重く響く。その感情を、俺は知っている。

「でも、一人で生きていくのは……大変」

イヤな目にも遭《あ》ってきたし、人間の汚い部分を垣間《かいま》見ることもあった。

「ここは素敵なところだと思う」

相変わらず、クールといえばクールな、人形みたいな口調。

それでも、俺は気づいたのだ。これが初めて彼女が自分の気持ちを話した言葉だと。

――こんな時、何を言えばいいんだろう？

慰《なぐさ》めじゃない。同情でもない。

でも何か、何か言葉にならない、モヤモヤが胸の中にあって、それを希に伝えたい。

「あの……さ、希、俺もな――」

口を開こうとした、その時だった。

ストレイキャッツの店舗スペースから電話の呼び鈴が鳴り始めた。

ああっ、こんな時にっ⁉

1コール、2コール……そして3コール。

鳴りやむかと思ったが、一向に鳴りやまない。

「……電話、鳴ってる」

「あ、ああ……」

仕方なく、俺はリビングを駆け出て店の方へと向かった。

レジ横の電話が、けたたましい呼び鈴を奏で続けている。

「もしもし、洋菓子専門店ストレイ」

『出るのが遅〰〰〰〰〰〰〰〰〰〰〰〰〰〰〰〰〰〰〰〰〰〰〰〰〰〰〰〰〰〰〰〰〰〰いッ‼』

きぃぃぃぃぃん、と鼓膜《こまく》を震わせる大怒号《だいどごう》。

この声は……文乃⁉

『早く鍵を開けてっ！』

「か……鍵？　どこの？」

『店の鍵に決まってるでしょうがっ！』

がんがんがんっ、と激しくドアをノックする音が聞こえた。

そこには——

ガラスの向こう側、暗闇の中でずぶ濡れになって立っている文乃の姿があった。

俺が慌ててドアのカギを開けてやると、つんざくような雷の音と、それに負けないくらいの大声で文句を撒《ま》き散らしながら、文乃が店へと転がり込んできた。

「何度ノックしても気づかないし、携帯だって鳴らしたのに出ないしっ！」

バスタオルで髪を拭《ふ》きながら、文乃が吼《ほ》えた。

いやいや、まてまて。それ以前に言うべきことがあるだろうに。

「どうしたんだよ、わざわざ戻ってくるなんて」

何のために嵐の中、教会まで見送ったと思ってるんだ、コイツは。

「忘れ物したのっ！　だから取りに戻ってきたのっ！」

「んなの、明日になってからでもよかっただろ、何もわざわざ台風の中を、びしょ濡れになって取りに来なくても……。なんなら言ってくれれば、俺が届けたって」

「うっさい。私の勝手でしょーが。二回死ね」

文句を言いながら、文乃が喫茶スペースへと歩いていく。

そして、テーブルの上に置いてあった小さな髪飾りを取り上げると、文乃はそれを大事そうに胸に抱いた。

忘れ物って、それかよ⁉

「……大事な物なんだから、わざわざ取りに戻ってきたのよ。なんか文句ある？」

そこまでふてぶてしい態度に出られると、言いたい文句も出てこなくなる。

ボリボリと頭を掻《か》いて、俺は嘆息した。これは文乃の嘘だ。しかし本心がわからん。

「……とりあえず、その服なんとかした方がいいな。乙女姉さんのパジャマ貸してやるから、乾燥機に突っ込んで風呂《ふろ》に入ってこいよ」

「別にいいわよ、自然に乾くから」

「その前に風邪《かぜ》ひいちまうってーの。ほら、早く」

渋々と頷いて、風呂場に向かおうとする文乃。

「希、もしかして……もう寝てた？」

「まだ寝ていない。平気」

俺に対する確認はないのか。……まあ、俺も寝てなかったけど。

「じゃあ、お風呂と乾燥機……借りるから」

「壊すなよ」

「誰が壊すかっ、バカ巧っ！　二回死ねっ！」

と、いつものオーバーキル発言を投げつけながら、文乃が浴室へと消えてゆく。

……ふぅ。

なぜだろう、文乃が来てくれたおかげで、少しホッとしたような気がする。

あの時、俺がもし希に何かを言っていたら、希を傷つけることになったかもしれない。

どんなに言葉を尽くしても、あの瞬間は、正解などなかったのだと思う。

だから……文乃が来てくれて、良かったのかもしれない。

まさか髪留め一個のために、嵐の中をやってくるとは思わなかったが。

「台風、少し弱まってきた」

ニュースを見つめながら、希が言った。

まるで何事もなかったのように、平然としている。

一瞬、さっきまでの希との会話は夢だったんじゃないか——と疑ってしまう。

少しだけ開いたと思った扉が、今は元通り閉じているように見えた。

不意に、窓の外で稲光《いなびかり》が走った。

間髪《かんはつ》をいれず、凄《すさ》まじい轟音《ごうおん》が響き渡る。

「っ⁉　これは近い——」

思わず叫んだ、その時だった。

ぷつんっ、と糸が切れるような音が鳴った。

リビングの蛍光灯も、テレビの画面も、電化製品のＬＥＤも、全てが一瞬にして消える。

停電だ……。
ラ、ライトっ！　非常用の懐中電灯っ！
慌てて探そうとするが、暗闇の中ではその位置が分からない。

「希っ、あんまり動くなよっ！　危ないからじっとしてろ！」

「ん……」

浴室の方から、ドタドタっと騒がしい音が聞こえた。

文乃がパニックに陥《おちい》っているのだろう。とはいっても、今は助けにも行けないが。

えーっと、確かテレビ台の下に、ライトがあったような……

手探りでゴソゴソと明かりを探す。手先にケーブル類が絡まって、実に面倒臭い。

……と、コレか？　コレだよな？

「あった！」

素早く手にとって、リビングの中を照らす。

おっ、希の姿を発見。

猫たちの目がギラギラと反射して、ちょっと不気味だったりもする。

「すぐに復旧してくれればいいんだが……ちょっとブレーカーを確認してくる」

と、そう声をかけてリビングの外へ出ようとした、その時。

「たっ、たたっ、巧っ！　急に真っ暗になって――」

停電に慌てた文乃が、風呂から飛び出してきたらしい。

俺は思わず懐中電灯を文乃の声がした方に向けた……のが、間違いだった。

丸いライトの灯りに浮かび上がった文乃は、素っ裸だったからだ。

「て、て、停電っ！　停電してるっ！」

よほど慌てているのか、自分がどんな姿をしているのか気づいてもいないらしい。

俺もよほど動揺していたのだろう。懐中電灯を無意味に左右に振り回しながら。

「いやいやいや、それどころじゃないだろ！」

ライトに浮かび上がった文乃の裸は、一瞬だった分際で、生々しく俺の脳裏を支配している。白い肌とか、黒っぽい影とかピンクの……いやいやいやいやいやいや！　落ち着け俺、あれは腐れ縁の幼馴染みの文乃だ。幼児のころは一緒に風呂に入ってたじゃないか。

だから平気……全然平気……！　問題ナシ！

「停電より大変なことなんて、あるわけ!?　ちゃんとこっちを照らしなさいよ！」

「バ……」

んなこと出来るわけないだろ！　一瞬だけ脳天殴られたみたいにクラクラしてるってのに！

直接じゃない灯りでさえ、ボンヤリと文乃の白い肌を浮かび上がらせてるし……。

「てっ、照らすまえに……何か着ろって！」

「へ……？」

虚《きょ》を突かれたような顔で、文乃は自分の姿を確認し——

「あっ、ああああああああああああああああああああっ!?」

大絶叫。

慌てて体を両手で覆《おお》い隠し、キッとこちらを睨《にら》みつけて、

「一万回死ね——————————ッ!!」

側にあった電気ポットを、俺に向かって投げつけた。

頭が痛い。

そりゃそうだ。電気ポットの直撃を食らったんだから。

コブが出来たくらいで済んだのは、むしろ僥倖《ぎょうこう》とさえ言えるだろう。

「あんたがライトなんか持ってたのが悪いんでしょうが」

ようやく着替えた文乃が、暗がりの中でぶつぶつ文句を言っている。

そうです。俺が悪いんですとも。ええ。自分からマッパで飛び出してきた文乃じゃなく、な。

もういっそ、この停電も俺のせいにしてくれていいぞ。

こうやって過去の偉人たちは悟りを開いたんだな……と、今、なんとなくわかった。

悟りついでに焼き付いた煩悩《ぼんのう》画像も消去したい……。

「い、いつになったら……復旧するのよ？」

「俺は電力会社の人間じゃないからな、答えようがない」

今は、たった一つのライトの明かりが頼りだ。

「文乃、もう今日は泊まっていけよ。外はさすがに危ない」

「はあ？　なんで私が、巧の家に泊ま――きゃっ」

再び、激しい落雷の音が鳴り響いた。

文乃が、俺の腕を痛いほど握り締めている。

希は、耳を押さえながら窓の外を見つめていた。

気持ちは分かる。さすがに俺だってちょっと怖い。停電の中、雷が落ちまくってるんだから。

「う……復旧したら帰るからね」

それはつまり、泊まっていく——という文乃の回答だった。

「ラジオ取ってくる。停電の情報が流れてるかもしれない」

と、俺がライトを手にとって、自室に向かおうとした時。

なぜか俺の後ろに、文乃と希がくっついてきた。

「……すぐ戻るから、ここで待っててくれ」

「そ、そんなの私たちの勝手じゃない。ねえ、希？」

「ん、わたしたちの勝手」

こくりと頷く希に同調して、文乃まで何度も頷いた。

まあ……いいけどね、別に。

ラジオも無事見つかり、リビングへと戻ってきた。

「電池がもったいないし、懐中電灯、消すぞ？」

「ちょっと、なんで消すのよ！　巧、あんた人力発電とか出来ないわけ⁉」

人を電気ウナギみたいに言うな。

稲光が走るたびに文乃は身震いし、轟音が鳴り響くたびに希が不安そうな顔をする。

俺がライトを持って移動しようとすれば、二人で一緒になってついてくる始末だった。

これだけ長い間、停電が続いているという体験は俺にもない。二人が怯《おび》えるのも仕方がないことなのかもしれない。

リビングで、ひとかたまりになって座る三人。

テレビすらつかないので、何一つすることがない。

「巧、何か面白いこと言いなさいよ」

「……んー、じゃあ、先日聞いた怪談を。ある巨大掲示板に書かれたコトリバ……」

ぺし。言い終わる前に文乃に頭をはたかれた。

「二回死ね。これ以上怖くしてどうするのよ」

俺たちのいつものやりとりを希が不思議そうな目で見つめていた。

最初は緊張していたものの、さすがに時間が経《た》つと飽きてくる。

俺たち三人は、誰からともなくうつらうつらし始めた。

当然だろう。ケーキ作りで毎朝早起きしているのだ。

「希、ソファーで寝たら？　俺たちここにいるし」

「いい」

一発回答。では文乃に。

「布団《ふとん》敷《し》いてやろうか？　姉さんいないから、姉さんのベッドでも」

「やだ。ここにいる」

二人の少女たちの願いは判《わか》るが、どうみても二人とも限界だ。

ちなみに、俺もこのままでは寝オチするのは時間の問題。

さすがに女の子ふたりと雑魚寝《ざこね》はまずすぎると思った俺は、自分が片づくことにした。

「じゃ、俺は自分の部屋に」

『却下』

二人が完璧《かんぺき》なユニゾンを放つ。

俺が困った顔をしていると、文乃が動いた。

勝手知ったるバイト先である。手早く三組の布団を用意する。

「……だからって三人で一緒に寝なくてもいいだろ……？」

リビングに敷かれた、三人分の布団。

真ん中の布団は、俺の部屋から引っ張り出してきた、俺の布団である。

「あたしだってイヤだけど。最悪だけど。何事も諦《あきら》めは肝心ね」

文乃は、心から嫌そうに言う。だったらやらなきゃいいのに。

「賛成」

恐ろしいことに希は自ら布団に潜り込む勢いだ。

俺は、抵抗せざるを得ない。

「あ、あの……これ、まずくないか？　いや、まずいよな？」

「なんで？」

文乃と希が完璧に問題ない、と言いたげに俺を見る。

雷光と轟音が、俺の心象風景のごとく荒れ狂った。

同世代の、美少女ふたりと同じ部屋で寝る。

しかもスペースの問題で布団は川の字に密着している。

寝返りでも打とうものなら危険きわまりないパラダイスである。

それも悪いことに……俺は最近、この二人の素肌を間近に見る機会すらあったのだ。

まて。

同じ布団で一緒に眠るわけじゃない、並べて眠るだけだ。そう思えば緊張もしない。しないったら、しないんだ。

そう自分に言い聞かせる俺にうさんくさそうな目を向けると、文乃も布団に入る。

真ん中の布団が空いている。すなわち、そこが俺の場所。

じーざす。

俺の硬直を無視するように、文乃が言う。

「あんた、変なこと考えてない？」

考えていると確信している声である。

ざっつらいと。キミは正しい。

「考えてないよ？　ぜんぜん普通、ふーつーうー」

俺は大変自然に返事をしてみた。

「じゃ、いいじゃない。希が寝られないでしょ」

たぶん、私も寝られないから、ということだ。

俺は、しぶしぶ布団に入った。

文乃からいつもの甘い匂いと、またそれとは違う、ミルクみたいな香りが希の方から漂ってくる。ああ、いい匂いだ。だけど、女の子の匂いって一人ずつ違うんだなあ。
「いいか？　寝返りは打つなよ？　それから、あんまりこっち向くな？」
俺はぶつぶつと禁則事項を述べた。
とにかく、このいい匂いは犯罪的だ。
言っておくが、俺は思春期だ。保健体育の教科書にもそう書いてある。
青少年とは、すなわち性少年である、と昔の偉い人も言っていた。
ここで失敗を装って寝返りざま身体に触れるとかしても……不可抗力というもの。
希はもしかしたら気にすらしないかも。
……文乃は、たぶん十万回死ね、とかになるに違いないが。
どきどきどきどき。
心臓の鼓動がうるさい。頭がおかしくなってしまいそうだ。
うーがーあー。静まれ、俺のチャクラよ。
このままでは股間《こかん》の斬魄刀《ざんぱくとう》が勝手に卍解《ばんかい》してしまう！
などという気持ちを極力意識しないように、俺は枕元《まくらもと》に手をやった。
懐中電灯の明かりは当然つけっぱなしだ。
「ラジオ、つけるからな」
布団に寝転がって、枕元に置いたラジオのスイッチを入れた。
ゆっくりと、チューニングをローカル局のＡＭ放送に合わせる。

やがて小さなノイズの混じった放送が流れ始めた。

『……の集中的な豪雨により、土砂崩れなどの被害が出ている地域もあるようです。また一部の地域では停電が続いており、今現在もまだ復旧の目処《めど》は立っていないようです……』

——ラジオを聴くのは何年ぶりだろう。

「なんか、懐かしいよな」

天井をじっと見つめながら、誰にともなく呟いてみる。

「別に、なんとも思わないけど」

そっけない答えが返ってきた。

彼女も、懐かしいと思っているのだ。俺には、判る。

すうっと、俺の何かが落ち着いていく。それは、たぶん家族といるみたいな。

雨音は強弱の差が激しく、小降りになったかと思えば豪雨のように叩きつけてくる。

時折、思い出したかのように稲光が走り、文乃たちを怖がらせていた。

「大丈夫だって、うちに落ちたりしないから」

「……そうとは限らない」

ぼそり、と呟く希の言葉に、文乃が思わず振り返る。

「お、落ちることがあるの⁉　普通の民家に⁉」

「ある」

淡々と答えてはいるが、ライトの薄明かりに照らされた希の表情は少し深刻だった。

「ど、どうなるの……？　もし民家に落雷したら」

「電流は壁を伝って地面へと逃げる。でも、火災になることもある」

「希……あんまし文乃をビビらせないでやってくれ」

「だ、誰がビビってるのよ。バカじゃないの？　科学的好奇心ってやつよ！」

へー、え……。

タイミングがいいのか悪いのか、またしても閃光《せんこう》が窓を照らした。

「っ!?」

ぐっと奥歯を噛みしめて堪《こら》えたのか、声にならない声を洩らして、文乃が耐えている。

よくそんな状態で教会からうちまで一人でやってこれたものだと、苦笑が浮かんだ。

数瞬の間をおいて、遠くで鳴り響く重低音――

ふと、何かが俺の手に触れた。俺の右手を、きゅっと摑《つか》む小さな手。

希の手だった。

両手で包む込むように、俺の右手を握り締めている。

そして、左手にも同じような感触が伝わってきた。

こっちは、文乃の手だ。

希とは違って、まるで怒っているかのように、ぎゅうっと強く握り締めてきた。

「いだだだっ、文乃、ちょっと強く握りすぎ」

「……さっき、裸を見られた復讐よ」

まだ続いてたのかよ、復讐。
「………………」
不意に、希が頭を上げて俺と文乃を見つめた。
その視線は俺と文乃の手で止まり、驚いたような顔をしている。
「どうした、希？」
「……なんでもない」
そう言って、また元通りに横になる希。
ほんの少しだけ、俺の手を握る希の力が弱まったような気がする。
二つの手に、二つの温もり。
片方は優しく、片方は強く。
流れるラジオの音が、子守唄のように心地いい。次第に瞼《まぶた》が重くなり始める。
朝になったら、三人で一緒にケーキを作ろう。
停電でダメになった食材を片づけて、使える材料をかき集めて。
希には、新しいケーキに挑戦してもらおう。乙女姉さんの残したレシピを元に。
そんなことを考えながら、俺は眠りに落ちていった。
両手に二人の温もりを感じながら。

第五章「家族の笑顔の為に」

「う……うう……ぐすっ」

「どうしたんだよ。またいじめられたのか？」

　この頃から、長い髪が彼女の自慢だった。

「だって……あたし……いらない子だって。死んだ方がいいって」

　文乃《ふみの》は、しゃくり上げるように言った。

「そんなわけないだろ！」

「ぐすっ……でも……」

「言われたら、二倍にして言い返せ！　死ねって二回言ってやれよ！」

　巧《たくみ》の言葉に、文乃はきょとんとした顔をした。

「悲しいときは笑えばいい！　泣くくらいなら怒れ！　負けるのが、一番駄目だ！　ぜったい、ぜったいおれが守ってやる！」

　そう言うと、文乃をいじめた連中に向けてかけだしていった。

……あたしも、強くなりたい。巧みたいに。

でも、あたしもガンバるから……今日は……隣の布団《ふとん》で寝てくれるといいな。

他の子じゃなくて、巧の隣が、一番幸せ。


それは六歳にもならないころの思い出。

おかげで、こんなに素直じゃない子になっちゃったけど。

巧が忘れていたとしても、私は覚えている。ずっとずっと。


文乃は夢うつつから、リビングにそそぐ明るい日差しで目を覚ました。

台風一過。

素晴らしい晴天だった。

しばらくぶりの気持ちいい目覚めだった。

いい夢を見た気がした。希《のぞみ》と巧のために朝食を作るのも悪くない、そう思うくらいに。

真っ青になった、巧の顔を見るまでは。

「……希が、いない。荷物も、全部ない……」

唇《くちびる》まで青くなった巧の表情は、久しぶりに見た。

「希……どっかに行っちまったみたいだ！」

梅ノ森《うめのもり》千世《ちせ》は待っていた。

校門前に立ちふさがり、登校してくる在校生を一人一人睨《にら》みつける。

——下僕《げぼく》の分際でご主人様を待たせるとは、なかなかいい度胸じゃないの。

鼻息荒く、四方八方を睨みつけ、千世は都築《つづき》巧の姿を探し続けた。

あれからいろいろと考えたのだ。これからの方針を。

例《たと》えば、同人誌を作ってコミケデビューして有名になるとか、気の利《き》いたMADを作ってニコ動に投稿して世界を狙うとか。この情報化時代、何が幸いするか判らない。たまたま漫画好きだったことに端を発して日本の宰相《さいしょう》に上り詰める人だっているのだ。と、千世は考える。

大手朝刊紙に取り上げられるより、カトゅーやアキバblogのようなニュースサイトに取り上げられた方が効果的なこともあるし、なにより、千世はそーゅーものが大好きなのだ。

だいたい本当のことを言えば、活動内容は何だって良かった。

下僕の巧と、子分の希と、彼らに繋《つな》がる奇妙な連中と……一緒に何かしたかった。

困った時はアレコレ頼みに来るくせに、恩をチラつかせても媚《こ》びようとはしない。そのくせ、自分が本当に困っているときには、何も言わなくたって手を貸してくれる。

ムカツクが芹沢《せりざわ》文乃もそうだ。千世の視線に動じない人間は珍しい。

そんな奴《やつ》らは、これまでの千世の人生の中でも、出会ったことがなかった。

もし、そんな巧たちが自分に心酔する瞬間が、いつか訪れるとしたら——

ぞくぞくっと背筋を快感が走る。

必ず、その瞬間を手繰《たぐ》り寄《よ》せてみせる。なぜなら自分は梅ノ森千世なのだから。

「ふ、ふふふ、ふふふのふ」

不気味な含み笑いを浮かべていた、その時。千世の携帯電話が鳴った。

発信者は、千世がストレイキャッツの様子を見に行かせた、梅ノ森家のSPだった。

「もしもし？　なに？」

千世は耳を傾けて、じっと報告を聞き入った。

受話器の向こうから、端的かつ正確な情報が次々に流れてくる。

「……希が行方《ゆくえ》不明⁉」

報告は、都築家に居候《いそうろう》中《ちゅう》の希が、昨夜から未明にかけて姿を消したというものだった。

都築巧と芹沢文乃の二人が目下捜索中らしい――と。

そこまで聞いて、千世は目を閉じた。

何かが、あったらしい。

出ていったのか、それとも誰かに連れ去られたのか。

「……今すぐ、ヘリを用意して。出来るだけ早く！　学校のグラウンドまで大至急！」

すばやく携帯を切る。

千世は駆け出した。梅ノ森学園のグラウンドまで、自慢のリボンが乱れるのも気にせず。

希の過去が真っ白だということも、気がかりの一つではあった。

その後も念入りに調査させたのだが、何一つ見つからなかった。

そんなことは普通ありえない。

猛ダッシュでグラウンドの中央に辿《たど》り着いた時、既に上空にはヘリが待機していた。

梅ノ森家の物ではなく民間機のようだ。近場を飛んでいたヘリをチャーターしたのだろう。

徐々に高度を下げてゆくヘリの下で、千世は再び携帯を手に取り、短縮ダイヤルを押した。

回転するプロペラの風に吹かれて舞い上がる土煙。

「もしもし！　あたしよ！　これから指示することを実行なさい！」

——あらゆる手段を尽くして、霧谷希を捜せ。

その一言を乱暴に告げて、千世はヘリに乗り込んだ。

許し難い。千世は怒っていた。

彼女には、希に言わなければならない台詞《せりふ》があったのだ。


「どこに行っちまったんだ、希のヤツ！」

体力の限界など二の次で、俺と文乃は町中を駆け回って希の姿を捜した。

最初はストレイキャッツの店内。

そして商店街に、まだ誰も登校していなかった早朝の梅ノ森学園。それから駅まで走って、その間に家康《いえやす》や大吾郎《だいごろう》にも電話をかけて、手分けして希を捜索し続けた。

しかし、希の姿はどこにもない。

いったいなぜ、唐突に消えてしまったのか——その理由が、どうしてもわからない。

「もう、始発電車に乗って、どこか違う街に行っちゃったのかも……」

唇《くちびる》を噛《か》み締めながら、文乃が呟いた。

布団《ふとん》はきっちり畳《たた》まれていて、その上に一枚だけメモが書き残されていた。

『借りている制服は、いつか必ず返します』

たったその一文だけで「ごめん」も「さようなら」も「またね」もない書き置き。

呼吸を整えるために立ち止まり、俺は、じっと自分の右手を見つめた。

——確かに、この手を握っていたはずなのに。

まだ希の温《ぬく》もりさえ残っているような気がした。だから余計に胸が痛くなる。

どうして、いきなり出ていったりしたんだよ、希……。

俺が過去を聞いてしまったから？　それとも何か別の理由があったのか？

わからない。考えれば考えるほど、わからなくなってくる。

「ちょっと待って！」

文乃が、走る俺の襟首《えりくび》を掴《つか》んで引き留めた。

「はぁはぁ……電話、菊池《きくち》から」

額《ひたい》に玉のような汗を滲《にじ》ませて、文乃が俺に携帯電話を突き出した。

「もしもし！　家康か!?　見つかったか!?」

『いや、まだ捜してるんだが見つからない。つーかお前ね、電話に出ろよ。何回かけても出ないから、芹沢に連絡しちゃっただろ』

慌《あわ》ててポケットから携帯を取り出す。着信履歴が8回、全て家康からだった。

「すまん、ずっと走ってたから気づかなかった。大吾郎の方は何か言ってなかったか？」

『あっちもまだ、見つかってないらしい。とりあえず駅の方を見に行くっつってた』

家康も大吾郎も、懸命《けんめい》に希を捜してくれている。

くそっ、こんな時、乙女姉さんがいてくれたら――

「梅ノ森には連絡ついたか？」

『だめだった。電波の届かないところにいるか、電源が入っていないとさ』

もしかしたら、と思ったんだが……。

「わかった、こっちは引き続き街の中を捜すから、すまん協力してくれ」

『言われなくてもそのツモリだっつうの。また連絡すっから。そっちからも連絡くれよ！』

通話が切れた。携帯を文乃に返して、汗をシャツの袖《そで》で拭《ぬぐ》う。

もし希が、この街を出てしまっているのなら、俺たちの力ではどうすることも出来ない。

その可能性はまったく否定できないし、むしろ、俺ならそうするだろう。

くそっ、せめて希の写真くらいデジカメで撮っておくんだった！

そうすれば人に見せて「この子、見ませんでしたか？」と尋ねることも出来たのに。

「あいつ、ずっと俺の右手を握ってたんだよ。俺が眠るまで、ずっと――」

その言葉に、文乃が怪訝《けげん》な表情を見せた。

「それって……私じゃないの？　ずっと巧の手を握ってたのは……」

「文乃は左手。同じように希も俺の手を握ってたんだ」

「…………………」

文乃が何かを考え込み始めた。

何か、気づいたことがあるのだろうか？

「……昨日の夜、私が来るまでの間に、何かあった？」

「何かって……なんだよ？」

「それがわからないから。聞いてるんでしょうが」

怒っているわけではなく、まるで焦《あせ》っているかのように見えた。

昨日の夜、文乃が戻ってくるまでの間にあったこと——

「……千世や文乃の話をした、それから」

「それから？」

「希が、希自身の生い立ちを聞かせてくれた」

物心ついた時の記憶と、どうして一人で流離《さすら》うことになったのか、その訳も。

「巧に打ち明けたんだ……そうか……」

「それがどうかしたのか？」

希の過去を知ったことが、彼女が出ていった原因なのか？

それなら話さなくて良かった。知らせずに傍《そば》にいてくれた方がずっと。

「いや、まだ、何もわかんないし」

そう決めつけるのも早計だろう。

「とにかく探そう」

俺はボンヤリと考え込む文乃の手を引いてまた動き出した。


わたしの、せいだ。

文乃は、巧に手を引かれながら考えていた。

どうしても、わたしには判ってしまう。

希の気持ちが。

だって。

わたしは、あの子と同じだったから。


その頃、希もまたどこへともなくぼんやりと歩いていた。

なるべく人に見つかりにくそうな路地をたどりながら。

大人たちの好色《こうしょく》そうな視線をかいくぐるようにして裏通りを進む。

自分は、もうストレイキャッツにはいられない。

そう思っていた。

なぜなら、昨夜自分のいた場所は、自分ではない、たった一人の少女のために用意されていたはずの場所だから。

希は、誰よりもその価値を知っていた。

だからこそ、自分はあの場所にはいられない。

自分のために誰かが悲しい思いをするのは絶対嫌だった。

それだけは、嫌だったのだ。


バラバラバラ……

頭上から、けたたましい音を立ててヘリが近づいてくる。

「何だ？　近いな……って近すぎるだろ？」

吹き下ろす突風に、慌てて頭上を見上げようとした、その瞬間、

『そこの二人っ！　下僕の都築と狼女《おおかみおんな》っ！　ちょっとそこまで付き合いなさい！』

拡声器を使った梅ノ森の大声が、俺たちの鼓膜《こまく》を震わせた。

「さっさと走るのよ、グズ！」

俺と文乃は顔を見合わせると、急いで梅ノ森のヘリを追いかけた。

梅ノ森を乗せたヘリは、街の外れにある川原へと着陸した。

機体から駆け下りるなり、梅ノ森は俺の胸倉《むなぐら》を摑《つか》んでねじりあげた。

「いったい、何がどーなってんのよ⁉　説明しろっ、説明！」

「こっちこそ聞きたい。何があったのか、梅ノ森は知ってるのか？」

「愚問《ぐもん》だわ、愚問！　知ってるに決まってるじゃん！　希が失踪、行方不明！　なんで連絡の

一つもよこさないの、下僕のくせにっ！」

「何度も携帯に連絡したんだ。でも繋《つな》がらなかった」

ヘリに乗って移動してたんじゃ、繋がらないのも当然だろう。

希がいなくなった経緯《いきさつ》について説明し、先程まで文乃と語っていた話も梅ノ森に聞かせた。

もしかしたら、失踪の原因は希の過去を聞いてしまったからという疑念も。

「出ていく気だったから話したのかもしれないけど……」

しかし、そんなそぶりは見せなかった。淡々と話してて。

「あたしにも聞かせなさいよ、希の話」

「いや、それは……」

「子分の過去を知らない親分なんて、そんなのおかしいから」

キッと文乃を睨みつける梅ノ森。余計な口を挟んでくるなよ、という牽制《けんせい》のようだった。

しかし文乃は軽く頭を横に振っただけで、文句を言ったりはしなかった。

固く思い詰めた表情で、俺を見つめている。

──ごめん、希。

誰にも言わないつもりだったが、もしそこに希が出ていった理由のヒントが隠されているとしたら、あとでもっと後悔することになる。

「……わかった。話すよ」

ゆっくりと、俺は語り始めた。

「彼女も、孤児《こじ》だった。そして、誰も友達がいないまま閉鎖施設で育った。通学記録がないのは学校も病院も、全部施設内にあったからだろう。そこを逃げ出してから……どうやってか、一人で生きてきたそうだ。たぶん……そんなに長い間じゃないと思うが」

端的な説明。

梅ノ森千世が、目を見開く。

「生まれた時から一人ぼっちで、家族というものを知らないで、これまで生きてきたの？」

「……そうだな」

頷《うなず》きながら、文乃の横顔を覗き見た。

なぜか、文乃は少し青ざめたような顔をしていた。

希の過去にショックを受けたのかもしれない。

「今の話で、希の行きそうな場所に心当たりは……あるか？」

梅ノ森と文乃の二人を、交互に見つめる。

しかし二人は首を横に振って、言葉も発しなかった。

可能性としては、乙女姉さんが希を拾ったという街が怪しいのだが。

肝心のその場所を、俺たちは誰一人として乙女姉さんに聞かされていない。

「……駅と空港と港、ぜんぶ見張らせる。あたしはこのまま、空から希を捜す」

「梅ノ森……」

「希は、あたしの子分だから。勝手にいなくなるなんて、ちょっとお仕置きが必要ね」

俺たちに背中を向け、梅ノ森は再びヘリに乗り込んだ。

ゆっくりと回り始めたプロペラの音が、次第に大きくなっていく。

「家康や大吾郎たちも一緒に捜してる！　連絡取り合ってくれ！」

梅ノ森の背中に向かって、叫んだ。

頷いた梅ノ森に一縷《いちる》の望みを託し、遠ざかるヘリを見送った。

俺たちも、希を捜しに行かなければ。

「文乃、行こう。まだ捜してない場所も残ってる」

まだ立ち尽くしたままの文乃の手を引こうとした、その瞬間――

「……希は、見たよね」

ポツリと、文乃が何かを呟いた。

「希が見た？　何を？　なんの話だ？」

「私が、巧の手を握ってたのを……希は見たよね」

何を言っているのか、意味がわからない。

「そりゃ……見ただろ。俺が起きた時も、まだ握ってたし」

そう告げると、文乃は黙り込んでしまった。

「どうしたんだよ、行かないのか？」

「……行けない」

一歩、文乃が後ずさった。

「なに言ってんだよ？　まだ希は近くにいるかもしれないんだぞ」

今、この瞬間にも希は、この街から出ようとしているかもしれない。

たとえわずかでも望みがあるのなら、それに懸《か》けて行動するしかない。乙女姉さんなら、きっとそうするはずだ。

強引に文乃の手を摑もうとした時、俺のポケットの中で携帯電話が震えた。

画面に表示された発信者の名前は、幸谷《こうや》大吾郎——

「もしもしっ、大吾郎か!?」

『都築か。つい先ほど、梅ノ森と合流したのだ。これから協同戦線を張ろうとしていたところなのだが、今しがた気になる情報が入ってきてな。霧谷《きりや》の風貌《ふうぼう》に似た少女を見かけたという御《ご》仁《じん》が現れたのだ』

なんだって!?

『梅ノ森が詳しい話を聞いたところ……四丁目に小さな商店街があるだろう？　いや、今となっては商店街と呼べるものか否かはさておき、寂《さび》れた裏通りだ』

「わかる。その裏通りなら、知り合いの製乳業者の事務所がある場所だ」

『そうか、ならば好都合だ。その裏通りで見かけたという話なのだ。俺たちもこれからそちらに向かう。込み入った場所なのでな、さすがにヘリでは無理だ。車を出してくれるらしいが、まだ冠水している道路もあると聞く。少々時間がかかるかもしれん』

「四丁目なら、ここから近い。俺と文乃ですぐに行くっ」

現地で合流しよう、と告げて電話を切った。

走っていけば十数分で到着できる距離だ。

「希に似た人がいたっていう目撃情報があったらしい。行くぞ！」

文乃は、やはり首を横に振った。

それは、あまりにも文乃らしくない、弱々しい仕草だった。

何かを怖がるように、文乃は震えていた。

「私、行けない……」

俺は、思わず声を荒らげてしまう。

「訳のわからんことを言ってる場合じゃないんだって！　文乃っ！」

「い、行きたくないから！」

文乃が叫んだ。

こんな時に、また例の嘘《うそ》だ。

でも今は、そんな場合じゃないんだよ、文乃――

「私が行ったら、希はまた離れていくかもしれない」

「文乃、さっきからヘンだぞ」

「うるさいっ」

ワガママを繰り返す駄々っ子のように、文乃は激しく頭を振った。

何か、おかしい。

いくら鈍感《どんかん》な俺でも、さすがに気がつく。

「お前まさか……希が出ていった理由が、わかったのか？」

「し、知らないっ！」

また嘘だ。

一枚一枚、文乃の心の壁を剥《は》ぎ取っているような気分で、胸が痛くなる。

「答えなくていい、俺の目を見ててくれ」

文乃の肩を掴んで、無理やりこちらを向かせた。

燃えるような瞳の中に、俺が映《うつ》っている。

「文乃は気づいたんだな？　希がいなくなった理由に」

「き……気づいてなんか、」

「何も言わなくていいから。目だけ逸《そ》らさないで」

「……っ!?」

やはりそうだ。文乃は気づいたんだ。

でも、なぜそれを隠す必要がある？

「希が出ていった理由は、俺や文乃に関係のあることなのか？」

「〜〜〜〜〜〜〜〜〜〜〜〜っ!!」

俺を突き飛ばすようにして、文乃が離れた。

なぜか、その瞳に涙が浮かんで、今にも流れそうになっていた。

「お……おい、文乃——」

「希が出ていったのは……わ、私のせいだもの……」

「わけ分かんないぞ、文乃」

「そうだもの！　私が出ていってほしいって！」

そう言って、はっとしたように文乃は口を押さえた。

「そう、希に言ったのか？」

「言わないけど……」

「じゃ、ここにいてほしいって言ったとか？」

「それも言わないけど……」

「じゃあ、それは違うな」

「なんで断言できるのよ！」

「こっちが聞きたい、なんで文乃のせいで希が出てくんだよ？」

文乃は、沈黙した。

俺も動けない。不思議な緊張が走る。

狼の目に透明な輝きが宿っているのを、見つけてしまったからだ。

「わ……私が、巧のことを……好きだって、希が気づいたからよっ」

最後のは叫び声だった。

つうっと、文乃の頰を一筋の涙が伝った。

文乃が……俺のことを……好き？

「わ、私は……巧のことが……好き……違う、嫌い」

表情が読めない。いつもの嘘——じゃない？

俺の脳も大混乱している。

どっちだ？　嘘か？　それとも……本当なのか？

「……っっっ」

苦々しい表情で、その場に立ち尽くす文乃。

「……違う。大嫌い。巧のこと、大嫌い！　大好き！」

もう何が何だか判らない。

嘘か本当かなんてどうでもいい。

俺は、言わなければならない。

何を言えばいいのか、なぜ言わなければならないのか。

これっぽっちも説明できないが、それでも——

「お、俺は……」

「うるさいっ！　うるさいうるさいっ！　馬鹿馬鹿馬鹿！　二回死ね！」

文乃が全力で俺の言葉を遮《さえぎ》る。

俺たちは、睨みあうようにお互いを見た。

知らない人が見たら、色っぽい話じゃなくて果たし合いの場面だと思ったに違いない。

しばらくして。

俺が再び口を開こうとした、その時だった。

ポケットの中の携帯から、メール着信音が鳴った。

差出人は、梅ノ森千世。

文面には「情報確定！」と一言だけ、そして一枚の画像データが添付《てんぷ》されていた。

拡大された衛星写真のような、その画像には——希の姿が映っていた。

「希がいたぞっ！　四丁目の裏通りで確定だっ！」

表示した画像を文乃に突きつけ、そして有無《うむ》を言わせず手を掴む。

「や、やめっ……」

「それどころじゃないっ！　文句は後で聞く！　二回でも三回でも死んでやるからっ！」

文乃の手を引っ張り、俺たちは夕暮れの土手を駆け出した。


ヒッチハイクでもしようかと思っていた。

手持ちの路銀《ろぎん》が残り少なく、電車やバスに乗ることを躊躇《ためら》った結果ではあったのだが。

くう、と小さく鳴った腹を押さえて、希は嘆息した。

薄汚れたビールケースを裏返して椅子代わりにし、ちょこんと座ってみた。

街灯もなく薄暗い路地の片隅は、少し物悲しい。

それにしても——と、希は空を見上げた。

切り取られたかのように狭い空だが、オレンジ色の夕日に染まって美しい。

昨夜の台風が嘘のような、雲ひとつない夕暮れの空だ。

これなら今夜一晩くらい、ここで明かしても大丈夫だろうと決めつける。

先々への不安はある。かといって、今までと違っている訳ではなかった。

いつも何かに怯《おび》えて暮らしてきた。

施設にいた頃も、逃げ出した後も、ずっとずっと……。

ストレイキャッツは居心地がよかった。だが不安がなかったといえば嘘になる。

これまで安寧《あんねい》に築かれていた日々を、自分という存在が壊してしまうかもしれない怖さ。

人に迷惑をかけることへの恐れ。

きっと、自分は巧や乙女たちに、嫌われたくなかったんだと思う。

だから、嫌われてしまう前に、いなくなることを選んだ。

一人は気が楽だ。己《おのれ》の負える最低限の責任で生きていけるから。

くう、と再び腹が鳴った。

ストレイキャッツの厨房《ちゅうぼう》で舐《な》めたクリームの甘さが、妙に懐かしい。

たった一日前の出来事なのに、とてつもなく昔の出来事のような、まるで楽しい夢でも見ていたかのような日々だった。

いつか、こんな自分でも、巧たちのような日々を送ることができるのだろうか？

「……ん」

ふと、路地裏に小さな猫が迷い込んできたのを、希は見逃さなかった。

ガリガリに痩《や》せた子猫は、周囲の様子を神経質そうに見回しながら、忍び足で歩いてくる。

希の存在に気づいた時、一瞬、足を竦《すく》ませたが——

じっと希を観察した後、再び緩やかに歩きだした。

「……迷子？」

話しかけてみたが、まるで知らんぷり。

まるで希を空気のように扱って、ゆっくりと希の目前を通過してゆく。

——わたしと似てる。

なんとなく、そんなふうに思えてしまう。

「……いいとこ知ってるよ。ごはん、食べさせてくれるよ」

懲《こ》りずに話しかけてはみたが、やはり無視されてしまった。

もしかすると、聞いてはいるのに知らないフリをしているのかもしれない。

「……仲間もたくさんいるよ」

全部で十五匹。あれだけたくさんの猫を、希は初めて見たような気がした。

「……優しい人たちもいるよ」

おせっかいで、お人好しで。

なんでもないような些細《ささい》なことに一喜《いっき》一憂《いちゆう》して、とにかく強引で。

涙が頬を伝う。

わたしは、泣いている。

どうしてだろう？　一人なんか平気なのに。寂しくなんてないのに。

「……ほんとうに、すごく、いいところだったよ」

呟いて、希が静かに目を閉じようとした時——

「だったら、戻ってくりゃいいよ」

路地の入り口から、声が聞こえた。

ハッと顔を上げた瞬間、謎《なぞ》の接近者に怯《おび》えて子猫が逃げ出した。

同じように、希も立ち上がって逃げ出そうとする。

しかし、相手の動きは素早かった。

しっかりと服の袖を摑《つか》まれて、逃げようにも逃げ出せない。

「やっと摑まえたぞ、希」

振り絞るような声で、その相手——都築巧は呟いた。

頬《ほお》を伝う汗を、ゴシゴシとシャツの袖で拭《ぬぐ》いながら。

陽《ひ》は刻々と暮れて、まもなく夜が訪れようとしていた。

時折、遠くの方から聞こえるサイレンの音は、おそらく台風被害で冠水した道路への救助隊だろうと、勝手な推測をする。

さて——と、俺は腕まくりをして、希の真正面にしゃがみ込んだ。

「文乃、そこじゃ遠すぎ。もうちょっとこっちに来なきゃ」

「う、うっさい、余計なお世話よっ」

と言いつつも、渋々と側に歩いてくる文乃の姿に、苦笑が浮かんでくる。

左手はしっかりと、希の腕を掴んでいる。

もう離さない。今朝《けさ》の二の舞はごめんだ。

「……どうして？」

「うん？　何に対しての〝どうして〟なのか、わからないけど」

希は咄嗟《とっさ》に、文乃へと視線を送った。

文乃は希を見つめながらも、少し戸惑いがちに身を竦《すく》めている。

「とりあえず、話は全部後にしてさ。うちに帰ろうぜ」

俺は優しく希の手を引っ張って、語りかけた。

しかし希は動こうとはせず、二度ほど瞬きをして、

「……どうして？」

また同じ質問を繰り返した。なかなか強情なやつだ。

「一緒に暮らしたし、一緒にメシも食った。一緒にケーキも作った」

これ以上、なんの理由が要《い》るというのだろう？

「……帰らない」

ふるふる、と希が頭を左右に振る。

もう決めたことなのだと、その表情には決意が滲んでいた。

ふう、と嘆息して、俺はもう一度、希の手を軽く引いた。

「迷惑かけるから……帰らない」

強情な捨て猫。誰も信じてない捨て猫。

いや、希は俺たちを信じてないんじゃない。自分を信じてないんだ。

自分の存在が、ただ迷惑なんだと思いこんでる。

その気持ちは痛いほどわかった。わかってしまった。

口から飛び出すように言葉があふれ出す。

「な、俺さ、昔こんなあだ名で呼ばれてたんだ。タタミって」

希は、俺が何を言い出したのか判らない、というように俺の目を見た。

「巧と、なんとなく響きが似てるだろ？」

俺は、一つ深呼吸して言った。

「あのな、俺も捨てられた。で、孤児院で育った、6歳まで」

「え……」

「芹沢教会って昔は孤児院もやってて、経営難でつぶれたんだけどな。そこ出身」

おどろいたように目を見開いて俺の顔を見つめる。

希の表情が変わったのが嬉しかった。

「だから、俺が乙女姉さんに拾われた、人間一号。希は二号な。乙女姉さん、ホントに拾いグセあるんだよ。さすがに人間はまだふたりめだけどさ」

　文乃は、俺たちの会話をじっと聞いていた。

「俺なんか名前もついてなかったんだぞ。タタミと一緒に捨てられててさ、だからタタミって呼ばれてたらしい。いくらなんでもって、棒が一本減ってタクミ。これが俺の名前の由来。これ正真正銘《しょうしんしょうめい》の実話だぞ」

「そんな……ひどい」

　よし、話題に引っかかってくれた。

　希は逃げ出すことを忘れてくれているみたいだ。

「まあ、地面に直接捨てるよりは、ってタタミを敷いてくれたんだろうから、俺の親の精一杯の愛情を名前にしてもらったとも言えるだろ？　おかげで、こんなに踏まれても平気な人間に育った。まあ、主《おも》に踏んでるのは文乃と梅ノ森だけどな」

　ほら笑え！　笑ってくれよ、希。

　ほんのちょこっと、口角をあげるだけでいいから。

　無表情で、自分は迷惑にしかならないって、諦めた、冷めた目でいないでくれよ。

「…………」

　でも、希は笑ってはくれなかった。ほんの少し首を傾げるように、俺を見上げている。

　冷めた目をして……。

「俺も自分の存在が迷惑だと思って飛び出したことがある。経営が破綻《はたん》して、孤児たちがバラバラに引き取られていって……でも、俺は誰も引き取り手がいなかったから。それまでも別に不幸って訳じゃなかった。賑《にぎ》やかなとこで、仲間もいたし」

そう言って、俺は文乃を見た。

「……そんなことない。巧は残れた。私のために出ていったのよ」

長い髪に表情を隠すようにして、文乃は呟くように言った。

「文乃も？」

希は、今度こそ本当に驚いたみたいだった。

「そうよ。あたしも迷い猫。孤児だったの。あたしの場合は両親とも事故で死んだって判《わか》ってるけど」

彼女は、つとめて淡々と言っていた。

おそらく、必死の努力で。自分の気持ちをまっすぐに伝えることが苦手な彼女の、これは精一杯の努力だった。

「そう。文乃もいたし、婆さん……芹沢シスターっていう院長先生も元気な人でさ。でも潰《つぶ》れて、残ったのは文乃と俺だけだった」

今でもはっきり覚えている。

次々に、新しい受け入れ先が決まる仲間たち。

養子縁組の話が来ては、一人、また一人と新しい家族に出会う者もいた。

最後に残ったのは、俺と文乃の二人だけ。

芹沢シスターが困っていることを、俺はすぐに察知できた。

あちこち奔走《ほんそう》して、俺たちの受け入れ先を探し続けるシスターの労苦を理解出来ないほど、愚かな子供でもなかった。

だから、俺はある日の夜。リュックサックに荷物を詰め込んで……。

「子供ながら自分の存在が迷惑だって理解してた。で出ていった。なんとか一人で生きていこうと思ってさ」

今ならわかる。そんなことは不可能だ。

わずか6歳の少年が、どうやって一人で生きていくつもりだったのか、昔の自分に出会ったら長い説教をかましてやりたいとすら思う。

「自分では決死の覚悟で大冒険に出たつもり……だったんだろうな。でも、この街の界隈《かいわい》をブラブラしてただけで、あっという間に保護されちまった」

我ながら、アホすぎた。せめて電車に乗って違う街に行こうとか考えつかなかったのかと。

しかしガキだった俺には、この小さな街ですら大きかった。世界の全てだった。

「傑作なのが、俺を保護した人なんだよ。俺の身元はすぐ分かったのに、孤児院に連れ戻さないで、自分の家に連れてきたんだ。それだけじゃない。山ほどケーキを食わされた。バターケーキってあるだろ？　あれな、美味《うま》いは美味いんだが、あんまし量を食いすぎると胸がもたれて気持ち悪くなるんだ。脂《あぶら》っぽいから」

タチの悪いゲップが出そうになりながら、山のようなケーキを平らげた後。

その人は俺の目を見つめながら「美味しかった？」と聞いた。

「なんて答えたの？」

「まああ。って、そしたら、う〰〰〰んそうかあ、と苦笑いしてたな」

今でも、その時の表情は忘れられない。嘘でもお世辞《せじ》でもいいから美味しかったと答えて、笑顔を見たかったと今でも思う。

「……それが、乙女？」

その通り。

俺は大きく頷いて、苦笑を浮かべた。

「後は想像がつくだろ。孤児院に行って、私が引き取るから――って」

そこから先の詳しい裏事情は、俺は知らない。

乙女姉さんの両親――俺にとっては養父母になるんだが――が関《かか》わっていたり、法律上の手続きがあったりして。

気がつけば、都築巧の出来上がり……と。そうなっていた。

「乙女姉さんに連れられて孤児院に戻った時、凄《すご》かったぞ。文乃の蹴りが俺の鳩尾《みずおち》に炸裂《さくれつ》して、しばらく息が出来ずにもがき苦しんだからな」

「……当たり前よ。本気で怒ってたんだから」

黙って俺の話を聞いていた文乃が口をはさむ。

いつも怒ってるように見えるが、本気で怒った時の文乃はあんなもんじゃない。

ああ、地獄ってのは現代世界にあったのかと、俺は世界の真理を知ったね。

「つまり、俺がすべての先輩。二号も俺と同じ道を辿《たど》るがいい」

「でも私は6歳じゃない……一人で生きていける」

拾い猫二号は一号より頑固だった。

「あんまり強情張ってると、無理にでも連れて帰るぞ。俺は〝あの〟乙女姉さんの弟なんだからな。血は繋《つな》がってないけど、薫陶《くんとう》は受けて育ったんだぞ」

我ながら、脅《おど》しにもなっていない陳腐《ちんぷ》な言い様だが、僅《わず》かな効果を期待する。

だがしかし、希はそれでも頑強にその場から動こうとはしなかった。

――まいったな、これは。

「文乃からも、頼むよ」

「わ、私は……」

うう、と小さな唸《うな》りを洩《も》らして、ゆっくりと希に近づいた。

希は、まさに捨て猫みたいな目で文乃を見た。

警戒がビンビンと張り詰める。

少しでも不用意に動いたら、逃げ出してしまう気配。

それでも文乃は、葛藤《かっとう》していた。

彼女には、もう、どんな嘘もつけない。

希が自分を思いやって、文乃の気持ちに気づいたからこそ、家を出たのだということ。

それは、鈍感で馬鹿で二回どころか十回くらい死んで少しは人の気持ちが分かるようになった方がいい巧がどれだけ気楽に言ったとしても、事実なのだ。

希の立場や境遇が判るからこそ。

自分がどう言えばいいのか、判らない。

彼女は、どうしたいんだろう。そして、あたしは。

判らないから……文乃は、もっとも自分らしい判断をした。

その選択がとんでもなく、素直じゃないとしても。


「帰ってこないと、乙女さんがいないうちに、私たちが追い出したって思われるわ。そんなの冗談じゃないし……勝手な行動されると、こっちが困るんだから」

こんな時でも、文乃は嘘をついた。

1ミリだって思っちゃいないことを、真剣な顔で口にするのだ。

「…………」

希は、そんな文乃をじっと見つめていた。

そして、ちらりと俺を見て、もう一度文乃を見つめなおす。

――ああ、そうだよ。これが文乃の嘘だ。

更に文乃は嘘を重ねた。俺たちにはわかる、優しい嘘を。

「学校だって、入ったばかりでいきなり退学されたら、私たちがイジメて追い出したみたいに思われるし、すごい迷惑」

「…………」

言葉の裏の裏が、希には届いていた。

だいたい、表情を見れば丸わかりだ。内容と正反対なのだから。

しかし希は、それでも動こうとはしない。頑《かたく》なに帰ることを拒んでいた。

「……何をしても、迷惑になるから」

戻ろうが戻るまいが、どちらにせよ迷惑になるのなら、一人で生きていく方が、まだ一過性の迷惑で済むかもしれない――と、そんなことを考えているようだ。

俺は希の手を離した。

そして、希の目を見つめて言葉を紡《つむ》いだ。

「……わかるよ。俺も孤児だったから。希とは少し環境が違ったけど、根っこは同じだ」

親に捨てられ、孤児院に預けられた。

そして孤児院が潰れた時、こう思った。「もう迷惑はかけられない」と。

「迷惑は、かけてもいいんだ。家族には。そして、友達にも」

気づかせてくれたのは、乙女姉さんだ。

乙女姉さんが、こんなことを言ったことがある。

私も迷惑を山ほどかけるから、巧も私に迷惑をかけてもいいよ……と。

「相手もこっちに迷惑をかけてくる、こっちも相手に迷惑をかける。時々、それで険悪になったりして、どこまで甘えていいのか、どこまで許せばいいのか距離を少しずつ掴んでいくものらしい。乙女姉さんと暮らしてると、だんだんコツが掴めてくるんだ。なにせほら、乙女姉さんは迷惑をかける天才だからさ」

スタート時点で躓《つまず》いたから、転ぶのが怖くなってしまう。

生まれてきて良かったのか、生きていてもいいのか、世話になってもいいのか……。

「だから、希、うちに戻ってこいよ。むしろこっちが至らないことばかりだけど」

俺は、素直に自分の気持ちを告げた。

「もう、家族だろ？　俺たち」

「……っ！」

初めて見る、希の辛《つら》そうな表情。期待と諦観《ていかん》とが鬩《せめ》ぎ合うような。

今、希は葛藤《かっとう》の中で揺れ動いているのだろう。

見ているこちらまで、胃の奥がギュウギュウと絞られているような苦しみだった。

見覚えのある顔だった。

期待して裏切られて、期待してかなえられず……。

昔、ずっと昔、まだここまで強情になってない文乃がしてた顔。きっと俺もしてた顔だ。

だから、俺は――

いつしか、希の身体を、ぎゅっと強く抱きしめていた。

「あ……」

小さな声を洩らす希の背中を、まるで赤子をあやすかのように優しく叩く。

「ここにいて、いいんだ」

誰にも文句は言わせない、たとえそれが希自身であってもだ。

酷《ひど》いエゴイズムだと罵《ののし》ってくれてもいい、それでもいいから、ここにいてくれ――と。

俺は、希を抱きしめ続けた。

「わ……たし……」

ゆっくりと、希の膝《ひざ》が崩れてゆく。その身体《からだ》を抱きとめるように、さらに強く抱きしめて、もう一度だけ「帰ってこいよ」と告げた。

「またいなくなったら、捜すのが大変じゃない」

側に歩み寄った文乃が、そっと希の頭を撫《な》でた。

密着した希の身体越しに、小さな嗚咽《おえつ》が伝わってくる。

「……ん」

涙まじりの呟きが、はっきりと聞こえた。今、希は頷《うなず》いたのだ。

――帰ろう、ストレイキャッツに。また一緒に暮らし始めるために。

世界中が俺たちを見捨てたとしても、まだ、拾ってくれる奇特な飼い主がいる場所に。

路地の向こうから、車が急停車する音が聞こえた。

続いて、乱暴にドアを閉める音が鳴り、駆け寄ってくる靴の音が耳に入ってくる。

「いたー！　いたいた！　希みっけたー!!」

梅ノ森の声だ。

「おおお、ナイス捕獲《ほかく》だ巧っ！　ぜったい逃がすなよーっ！」

家康の声だ。ああ、もう逃がすもんか。

「すまんっ！　思った以上に渋滞が激しかったのだ！　許せ都築っ、芹沢っ！」

大吾郎の声だ。いやナイスタイミングだよ、ちょうど今、話がまとまったところだ。

抱きしめていた希を放すと、今度は三人が希を取り囲んでしまう。

そして相変わらず傲岸不遜《ごうがんふそん》に胸を張った梅ノ森は宣言したのだった。

「希！　あんたはあたしの子分なんだからね！　勝手にいなくなる権利なんかないの！　次から家出するときは、うちの家か学校屋上のペントハウスよ！　ゲンミツに絶対そうしなさい！文乃や乙女にいじめられたり、巧にセクハラされた場合もあたしに言えばいいの！」

あまりの剣幕に泣いていたのも忘れて希がきょとんとしている。

「あっ、巧は私以外の女に興味はないからその心配はないか！　とにかくいい!?　いいわね！いいって言いなさい！　わかったら、お手！」

千世は、ずいっと手を差し出した。

希は、千世と、同じく心配そうに希の顔をのぞき込む大吾郎と家康の顔を順番に見て、ふっ、と力の抜けた顔になる。なんだか、安心したと言うように手を差し出した。

「にゃあ」

希、お手の時はそうじゃないと思うぞ。

「……文乃」

希たちを見つめている文乃に、俺はそっと手を差し出した。

「なによ？　……なんで握手を求めてくるのよ？」

「いや、なんとなく」

これまで、乙女姉さんに勝るとも劣らない迷惑を、かけ続けてくれた御礼に……だなんて口が裂けても言えない。

思えば、俺たちだってそういうふうに距離を詰めてきたんだよな、子供の頃から。

あの小さな教会で、共に過ごしながら。

「……ふん」

しばらく俺の手を眺めていた文乃は、握手には応じず、手のひらを上に向けて――

「いっぺん、やってみたかったのよね。巧、お手」

どっかの勇ましいチビのようなことを言いだした。

「……あいよ」

まるでハイタッチのような軽快な音を鳴らして、俺は文乃の手に「お手」をした。

エピローグ

——ストレイキャッツのケーキが、格段に美味《うま》くなったらしい。

そんな噂《うわさ》が、町中のあちこちで囁《ささや》かれるようになったのは、梅《うめ》ノ森《もり》学園が期末テストの試験期間に突入して、俺たちが急遽《きゅうきょ》真面目《まじめ》に勉学に勤《いそ》しむようになった頃のことだった。

ついに乙女《おとめ》さんが本気を出したか、と勘違《かんちが》いする人もいれば……。

いや違う、あの店は凄腕《すごうで》のパティシエをヘッドハンティングしたそうだ、と少し的外《まとはず》れな答えを出す人もいて、その反応は様々で面白かった。

もちろん、そのどちらも間違っている。

ストレイキャッツには、確かに新しいパティシエ、いやパティシエールが入った。

ちょっと無口で無愛想だが、打ち解けてみれば、これがなかなか茶目っ気のあるやつだ。

……なんて、回りくどい言い方は止めようか。

その通り。

今、巷《ちまた》で評判のストレイキャッツ製ケーキを作っている名パティシエールの名は、霧谷《きりや》希《のぞみ》。

友人で、クラスメイトで、俺たちの家族だ。

とにかく我が家には欠くことのできない重要人物だ。

ちなみに乙女姉さんだが、あの後、数日してから戻ってきた。

結局、戦争は起こらなかったらしい。

にもかかわらず、今まで帰ってこなかったのはなぜかと問うと、

「少し北欧をブラブラしてきたのー」

銃弾で穴だらけになったフリルのワンピースをふわりとはためかせて、我が義姉はこともなげに言った。そろそろ怒っていいよな？

で、ブラブラしてるのにも飽きて……というか、資金が底を尽きたので戻ってきたらしい。

まあ、なんにせよ乙女姉さんが戻ってきた。万歳、これでストレイキャッツも安泰《あんたい》だ。

……なんてことにはならなかった。

姉さんは希のケーキが評判になっていることを知ると、

「希ちゃんがいれば、私が店にいなくても安心ね～♪」

などと大喜びしている始末だ。

そして。

その翌日には、また書き置きを残していなくなっていた。

ちなみにその書き置きの内容は、

『地球温暖化で海面が上昇して、呑《の》み込まれてしまいそうな南の島があるらしいので、ちょっ

と行って助けてきます。お店よろしくぅ☆』

というもの。

もう、アホかと。

地球規模の現象をたった一人でどうしようというのか。

いや、だがあの人ならあるいは……。

とまあ、そんな毎日を送りつつ、俺たちはそれなりに上手《うま》くやっていた。

「……おかえり」

ドアベルを鳴らして帰宅した俺と文乃《ふみの》を、ハンドミキサーを掲《かか》げて迎えてくれるストレイキャッツ専属パティシエールの希。

今日は、俺の渡したレシピに沿って、新しい洋菓子に挑戦中らしい。

「なに作ってるの？」

「……エクレア。巧の指示」

そう、その通り。俺が作ってみろと言ったんだ。

既に何種類ものケーキの作り方を覚えた希だが、まだまだ洋菓子の世界は広い。

週に一つずつ、希には新しいレシピを試してもらって、ストレイキャッツの名物となりうるヒット商品を作り出そうとしているのだが。

どれも美味いのに、まだこれといった決定打には至っていないのが残念なところだ。

「なんでエクレアなのよ？　もっと他にいろいろあるでしょうが」

「知らないのか？」

俺は、文乃の顔を覗《のぞ》き込んだ。

きょとん……とした表情で、文乃はしばらく俺を見つめ、そしてすぐに目を逸らして、

「知ってるけど、別にたいしたことじゃないし」

嘘《うそ》をついた。これはまた分かりやすい。誰が聞いたって嘘だと分かるだろう。

「秘密はエクレアの意味にアリだ。希は知ってるか？　エクレアの意味を」

「……わからない」

ふるふる、と首を横に振る希。

希ですら知らないという点にささやかな満足感を覚えつつ、俺は少し胸を張った。

「ヒントは……そうだな、二人が嫌いなモノ」

「なにそれ？　私が嫌いなモノ？」

「……まったくわからない」

眉間《みけん》に皺《しわ》を寄せて悩む文乃と、小首を傾げている希。いいぞ、悩め悩め。

「えー、あー、こほん。そろそろこっちの存在にも気づいてほしい予感満載」

「うむ。ずっと視線を送っているのだが、気づきすらしないというのは、さすがにな」

その声は、店内の喫茶コーナーから聞こえた。

「あ、家康《いえやす》……と大吾郎《だいごろう》。なんだ、来てたの――」

「もう一人ここにいるのが目に入らんのかーっ！　下僕《げぼく》のくせに生意気なーっ!!」

ばばんっ、とテーブルを叩く我らが傍若無人《ぼうじゃくぶじん》の女王、梅《うめ》ノ森《もり》。

「巧《たくみ》への貸しっ、どれだけ溜まってると思ってんの！」

「う……いらっしゃいませご主人様」

渋々と、俺は下僕らしい挨拶《あいさつ》をした。

「うわあ、なんかビミョーなメイド喫茶に来たみたいで、ちょっとキモい」

「プライドはないのか。大和魂《やまとだましい》を持て、都築《つづき》」

ううう、うるさい。仕方ないだろうが、希捜索の一件でもまた借りを作ったし。

「一応、ケーキとお茶を注文してるってことは……客なんだよな」

「客も客、今ちょうどオレたちの新サークルについて議論しあってるところ」

そうなのだ。

結局、梅ノ森が強引に作ろうとした、あの謎《なぞ》だらけのサークル……。

何の方針も定まらないままに、見切り発車ということで動き出してしまったのだ。

当然、文乃は難色を示し続けたが、希の一件での梅ノ森の活躍もあって、渋々と、本当に渋々とサークル活動に参加することに承諾したのだった。

「とりあえず、名前よ名前。梅ノ森団でいいじゃんもう」

「ヤーだー。絶対イヤ。あのね梅ノ森、オレは巧が入るから仕方なくサークルに参加するけど、でも忘れてないからなっ！　入学式の日、壇上《だんじょう》でドロップキック食らわされた屈辱をっ！」

「なにそれ？　そんなことあったっけ？」

「あったわい！　忘れるなよそういう大事な人生の出来事をっ！」

「菊池《きくち》、過去にぐじぐじと拘《こだわ》るのは日本男児にあるまじき行いだぞ」

「ほっとけ！　穏やかな心を持ちながら激しい怒りに目覚めてやろうか！　スーパーだぞ、スーパー化すると強くなるぞ？　もしくは念能力に目覚める！　既にどういう念能力にするかは考えてあるのだ。聞きたい？　どうしても聞きたい？　話してあげてもいいよ？」

「うーざーいー」

騒がしいこと、この上ない。

ストレイキャッツの喫茶コーナーは、すっかり仲間たちのたまり場と化していた。

「巧、そろそろ言いなさいよ、さっきの答えを」

「エクレアの意味か？　知ってるんじゃないの？」

「だ、だからっ！　答え合わせしてやろうって言ってるんじゃないっ」

また苦しい言い訳が飛び出した。まあ、この辺で勘弁《かんべん》してやるとしようか。

「さっきから、何の話してんの？　下僕、ちゃんと報告しなさい」

「エクレアの意味と、文乃と希が嫌いなモノには接点があるって話だよ」

言いながら、チラと希の顔を見た。

パチクリと瞬きをして、希がギブアップと言わんばかりに両手を挙げる。

「答えは——雷《かみなり》、だ」

一瞬、全員が「はい？」と顔にクエスチョンマークを浮かばせる。

「エクレアの正式名称は、エクレール・オ・ショコラ。フランス語なんだが……このエクレールってのが、雷とか稲妻《いなずま》って意味なんだよ」

あの日、あの夜の出来事を思い出しながら、つい苦笑が浮かぶ。

「……あっ!?」

文乃も、やっと思い当たったようだ。あの夜の出来事、家族が増えた経緯に。

「ほう、芹沢《せりざわ》と霧谷は雷が苦手なのか？」

意外な話を聞いた、と言わんばかりの大吾郎に、俺は説明を始める。

「いや実は、前にでかい台風が来たことがあっただろ——ぐほあああっ!?」

突如、背中に猛烈な衝撃が走った。文乃の蹴《け》りだ。

倒れそうになるのを、根性で耐える。

「余計なことを言うなっ！」

「そっちこそ、風呂場《ふろば》で停電になってビビりまくってたくせにっ！」

「なってないわよ！　適当なこと言わないでよっ！　このバカバカっ！　二回死ねっ！」

「いーやビビってたね！　俺がライトをつけたら、いきなり、」

文乃との舌戦がピークに達しようした、その時——

「……くすっ。あははっ」

希が、笑顔を見せた。

思わず全員が、希を見つめて呆然《ぼうぜん》としてしまう。

Stray Cats
Stray Cats

初めて見た。希が笑うところを。
こんなにも可愛《かわい》い、眩《まぶ》しい笑顔で笑うなんて、まったく知らなかった。
そうか、希ってこんなふうに笑うのか……。
つられて、言い争っていた俺も文乃も、そして他の全員が笑顔になった。
ゆっくりと、しかし確実に希は俺たちの〝仲間〟として、打ち解けてくれている。
そのことが、俺にはたまらなく嬉しかった。
「ふふ……そろそろエクレアが出来るから。持ってくる」
口元の笑みを手で覆《おお》い隠しながら、希は厨房《ちゅうぼう》へと駆け戻っていった。
「仕方ない。手伝ってあげる！」
文乃も厨房に走り込んでいく。
ほどなく、姉妹のように仲良くなった二人の美少女がケーキを運んでくる。
ショートケーキにエクレア、なにより他愛《たわい》のない楽しい話題。
ひとしきり笑った後、家康たちは再びサークル活動の指針について熱中し始めた。
時刻は、夕方の五時。
ストレイキャッツの閉店時刻まで、たっぷり二時間半はある。
「すぐ着替えてくるから」
そう言って、店の奥の事務スペースに消えようとした文乃の手を、俺は咄嗟に摑《つか》んだ。
文乃には、どうしても確かめておきたいことがあったのだ。

これまで何度も問おうとして、しかし一度も問えなかった、あの日の出来事。

でも今日なら、今日こそは聞けそうな気がする。

深呼吸を一つ。

首を傾げて、訝《いぶか》しそうな顔をしている文乃に言葉を紡《つむ》ぐ。

「そういや……さ、この前、川原で言ってたこと──覚えてるか？」

とくん、と心音が1オクターブ跳ね上がる。

「言ってたよな、確か……その、俺のことが……好きだって」

もう1オクターブ高鳴って、呼吸まで怪しくなってくる。

「確かあの時、そんなことを言って──」

言い差した俺の目前に、文乃が手のひらをかざした。

燃え盛る炎をぎゅっと凝縮《ぎょうしゅく》したような双眸《そうぼう》で、真っ直ぐに俺を見つめて口を開く。

「そんなの、」

文乃の指先が、俺の鼻をピンと弾《はじ》いた。

いつの間にか文乃の顔には、笑みが浮かんでいる。

そして、この類希《たぐいまれ》なる狼少女は、俺に向かってこう言ったのだ。

見る者全てを虜《とりこ》にしそうな、満面の笑みを浮かべながら──

「そんなの、嘘に決まってるじゃない。バーカ」

あとがき

燃え尽きちまったぜ……真っ白によ。

それもジャンプじゃなくてマガジンのネタですみません。

のっけから灰になっていてすみません。


大半の方、はじめまして。松智洋《まつともひろ》です。

普段はいろんなペンネームを使ってゲームやアニメを作ったり漫画のお話を考えたりしつつ、最強の念能力や自分のスタンド、新しい正義超人なんかを妄想《もうそう》して生きてます。

やっぱり、ルールバトルものは面白いですよね。

最強のスタンドは実はスタープラチナじゃなくてレッド・ホット・チリペッパーだと思うのですが、あまり賛同してくれる人がいなくて寂しいです。

最近だと、悪魔の実の能力を想像していると三日三晩くらいは幸せに布団《ふとん》の中で過ごせます。

斬魄刀《ざんぱくとう》もチャクラもいいなあ。ぜひ写輪眼《しゃりんがん》を身につけて人気作家の技を盗みたいです。

一定の制約を課した上で、ルールの隙《すき》をついていく展開は燃えますよね。

と言いつつ、この小説にはバトル成分は皆無です。

女の子いっぱい、ラブ度大増量、友情特盛りでお贈りしております。

やっぱり、ラブコメは心のオアシスです。

かわいいってのは無敵だってことですよね。

つまり美少女最強伝説。かわいさはある種の異能だと思います。

でも、超能力もバトルもまったくありません。すみません。

とにかく、ケーキバイキングな可愛らしさに近づくべく全力を尽くしたつもりです。

気合い入りまくりで書き上げました。

みなさんに楽しんでいただけたら幸せです。

頑張りすぎて、今はただの灰です。

よく分からないあとがきですみません。


この小説は挿絵《さしえ》をつけてくださったぺこたん始め、多くの方の協力で完成させることが出来ました。すべての方に感謝を。

そして誰よりも、読んでくださったあなたに最大限の感謝を捧《ささ》げます。

運が良ければ、またお会いいたしましょう。

松　智洋

迷い猫
オーバーラン!

ごきげんよう！　挿絵担当のぺこです。
いかがでしたでしょうか、迷い猫オーバーラン！
どのキャラも魅力的で、作業が終わるころには
愛着わきまくりで自分でもびっくりしました。

みんなひと癖もふた癖もあり、トラブルが絶えず
にぎやかでテンションが高いのですが……
読み終わったあとで優しい気持ちになると同時に、
ずっとこの空気にひたっていたい、そんな気分になります。
そして！　はやく続きが読みたい!!

それでは、
またお会いできる日まで
ごきげんよう！

ぺこ

http://lumino.sakura.ne.jp

この作品の感想をお寄せください。

あて先　〒101－8050
東京都千代田区一ツ橋２－５－10
集英社　スーパーダッシュ文庫編集部気付

松　智洋先生

ぺこ先生

迷い猫オーバーラン!
拾ってなんていってないんだからね!!

松　智洋

集英社スーパーダッシュ文庫

2008年10月29日　第１刷発行
2010年３月14日　第15刷発行
★定価はカバーに表示してあります

発行者
太田富雄

発行所
株式会社 集英社
〒101－8050　東京都千代田区一ツ橋２－５－10
03(3239)5263(編集)
03(3230)6393(販売)・03(3230)6080(読者係)

印刷所
図書印刷株式会社

ISBN978－4－08－630450－4　C0193

　Printed in Japan

もっとたかく
漫画化、アニメ化決定"迷い猫オーバーラン!"の松智洋と
超人気サークル"Digital Lover"のなかじまゆか(商業誌デビュー)の
最強タッグで放つ、SD文庫渾身の新シリーズ!!
大好評発売中!!!!
パパのいうことを聞きなさい!
Listen to me, girls.
I am your father!

奇跡の新シリーズ
一人暮らしの大学生『瀬川祐太』は、ある日突然血のつながらない三人の娘のパパになってしまった!?
14歳で思春期盛りの『空』、
10歳でおしゃまな『美羽』、
3歳で人なつっこい『ひな』
個性的な娘達の養育と大学生活を股にかける、ハイテンションでハートフルな物語。
愛と感動のドタバタアットホームラブコメ、6歳差の恋は、実る以前に始まるのか!?